粵語詞彙講義

邵慧君　甘于恩　著

商務印書館

粵語詞彙講義

作　　者：邵慧君　甘于恩

責任編輯：鄒淑樺

封面設計：張　毅

出　　版：商務印書館 (香港) 有限公司

　　　　　香港筲箕灣耀興道 3 號東滙廣場 8 樓

　　　　　http://www.commercialpress.com.hk

發　　行：香港聯合書刊物流有限公司

　　　　　香港新界荃灣德士古道 220–248 號荃灣工業中心 16 樓

印　　刷：美雅印刷製本有限公司

　　　　　九龍觀塘榮業街 6 號海濱工業大廈 4 樓 A 室

版　　次：2023 年 4 月第 1 版第 2 次印刷

　　　　　© 2018 商務印書館 (香港) 有限公司

　　　　　ISBN 978 962 07 0521 2

　　　　　Printed in Hong Kong

一本普及粵語知識的好書

——讀《粵語詞彙講義》

詹伯慧

我經常在一些場合呼籲語言學者，一定要既做好語言本體的研究，也做好語言應用的研究。語言學科的健康發展，必然要體現在語言研究的纍纍碩果和語言應用的勃勃生機上。語言是寶貴的資源，這一理念已日漸深入人心，就應勘探開發語言並善加運用。語言學者更應擔負起重任，使語言在社會應用中發揮最佳的效果。當今我國已把語言工作提高到戰略的高度，語言應用的重要性不能等閒視之。語言研究的成果，也就應該首先考慮如何能為語言應用服務的問題。

語言應用的範圍很廣，每個人每天都在使用語言，但大家使用的效果並不完全一樣。把語言作為交流思想和傳達資訊的交際工具，是擁有語言的人最基本的語言應用。應該說，這方面人人都可以做到，也必然可以達到預期效果的。但是，要進一步發揮語言應用的功能，掌握語言基本知識也就必不可少了。我們研究語言的專業人士，對語言的方方面面都有較深刻的認識，如果要使我們的語言應用、特別是要讓語言的社會應用在社會生活的各個領域都能夠得到充分的發揮，很好地實現語言的兩項基本功能：發揮交際、交流作用的工具性功能和記錄、承載各類文化的文化性功能。那就有一個十分迫切的任務：普及語言知識，讓語言知識為廣大語言使用者所掌握的任務。換言之，語言知識的普及性越高，語言應用的廣泛性就越大，應用的效果也就越好。

語言知識的普及一直受到前輩語言學家們的高度重視。當代語言學大師王力教授和呂叔湘教授都曾親力親為地撰寫過不少普及語文知識的小冊子，如王先生的《字的形音義》、《虛詞的用法》，呂先生的《語文常談》等，都是深入淺出、通俗易懂的、深受廣大讀者歡迎的語言學讀物。可惜這類語言學界的"大家小書"，迄今為數並不太多，長期以來語文知識的社會普及率，還滿足不了社會語言應用工作的實際需要。值得注意的是，當今我國的語言政策，正積極鼓勵、提倡不僅要做好全社會的通用語（普通話）的應用工作，也要做好各少數民族語言和漢語各種地方方言的應用工作，要使神州大地上通行着的各種語言和方言，都能充分發揮其社會功能，形成一個各種語言資源都能得到充分利用，各具特色的語言（方言）都能在社會應用中各顯神通、各呈異彩的局面。要形成這樣一個生動活潑的社會語言生活局面，有賴於我們語言專業人士，不但要着力做好社會通用共同語知識的普及工作，也要視乎實際需要，認真做好服務於方言應用的知識普及工作。等而言之，在漢語方言流通的地區，我們就應該創造條件讓方言使用者了解方言，只有對方言有較全面的認識，才有可能在方言的應用中得心應手，取得較佳效果。對於那些使用人口很多，流通量很大的方言，尤其需要多下功夫。譬如我們粵港澳地區最具強勢的粵方言，它的影響力遠超出粵港澳大灣區，海外凡有華人的地區幾乎都能聽到粵語粵音，在日常的應用中，我們就更應該做好有關粵語應用的研究工作和社會普及工作。

幾年前在廣州舉辦亞運會的前夕，為了做好外地來穗人員的服務工作，有政協委員建議廣州電視台增加一點播送普通話新聞節目的時間，隨即在社會上引發一場所謂"推普廢粵"的語言風波，一批不明真相的群眾被捲進這場子虛烏有的"保衛粵語"的虛構戰鬥中。事後總結這一事件產生的根源，語言學界的專業人士認為：語言知識的普及工作做得不夠，人們對普通話和方言缺乏基本的認識，對他們之間的關係不甚了了。尤其是"推普"並非要將方言掃地出門，普通話與方言並非勢不兩立、對頭冤家。語言知識的缺失正是導致這場出現"推普廢粵"這一根本不存在的偽命題、並無事生非地進行所謂"保衛粵語"戰鬥的重要根由！粵語堪稱是漢語方言中最具活力的強勢方言，雖在粵港澳地區廣泛應用，可就是有許多粵語的基本知識，諸如粵語是漢語南方一大方言，粵語與民族共同語的關係是並存並用的關係等等，為一般使用粵語的群眾所不了解，很容易導致產生誤會，在"推普"與"廢粵"間錯誤地畫上了等號。舉此一例，說明語文知識、包括方言知識的普及是多麼的重要！

　　眾所周知，近幾十年來，粵語的研究有了長足的發展，研究成果碩果累累，從 1987 年開始僅發表在國際粵方言研討會上的論文，迄今已歷經 22 屆累計近 2000 篇了。與此同時，近幾十年來出版的粵語專著，估計也有數百部之多。眾多的粵語著述，內容自然涵蓋粵語方言的方方面面，除了探討粵語語音、詞彙、語法諸方面的語言本體研究外，也包括為數不少的為粵語應用服務的工具書和教材。只是相對而言，專注於粵語普及工作的學術專著就顯得太少了。粵語跟其他漢語方言比較，語音、詞彙、語法的特色都相當顯著、尤以詞彙方面更具特色。粵音的分析研究長期以來比較引人注目，無論是音系音類的深入分析，還是粵語內部各方言點語音分歧的探討，都常常有研究成果發表；語法的研究難度較大，除了不時有學者對某方面的語法現象進行探討，發表了針對某種語法現象研究的著述外，比較全面系統論述粵語語法的著作，早在上個世紀七十年代出現過張洪年的名著《香港粵語語法研究》，近期又有鄧思穎的《粵語語法講義》問世。而關於粵語詞彙的著述，較多集中為詮釋粵方言詞語的著作，包括一些比較、對照粵語與普通話詞彙異同的著述及各種類型的粵方言詞典，至於全面系統論述粵方言詞彙的專著，似乎還未出現過。

　　當今世人對文化的關注度空前高漲，我們常常接觸到諸如"文化自信"、"建設文化強省"一類的提法，殊不知語言中的詞彙正是承載文化的載體，無時無刻不在反映文化的因素。看待詞彙現象、探討詞彙問題決不能沒有文化的視野。說到方言詞彙，誰也不能迴避方言文化。在這種理念籠罩下，方言詞彙的探討自然要觸及方言文化的探討，比起方言語音、語法的研究來，內涵與外延都有許多超乎語言本身的問題可談，這就迫使方言詞彙的研究者非具有文化語言學的修養不可。我想這也許就是粵方言的研究儘管聲勢很大，始終難以產生全面系統的粵語詞彙專著的原因所在。

　　此刻擺到案前來的這本《粵語詞彙講義》，正是一補粵語詞彙研究"短板"的著作，很值得我們重視。雖說這只是"概說"性質，還不能說已經是深入研究粵語詞彙、全面揭示粵語詞彙特點的著作，但是，兩位作者對粵語的詞彙，確已是作了許許多多的調查研究，早已十分留意粵語詞彙與嶺南文化掛鉤的問題。此前他們發表過一些文章，字裏行間透露過不少嶺南文化的氣息，如今打開這本剛出爐的新著，更是處處可見地域文化的影子。文化的紅線始終貫穿在粵方言的詞彙研究之中。可以說這不僅是一部闡述粵方言詞彙的著作，也是一部展示、弘揚粵方言所承載的地域文化的著作。從本書的結構體系到內容取材的安排，都明顯反映出作者這一思路和理念。打開目錄，全書共六章：開頭第一章"導論"先把詞彙與社會生活的關係端出來，接着再介紹粵方言的分佈和構詞特點，然後就以"粵方言的特色詞"為題給讀者展示出一批深具特色的方言詞

來。看到這批特色詞，讀者腦子裏不可能沒有反應。作者就此
順水推舟，在隨後的各章中，接連論述粵方言詞彙中呈現出來
的各種現象和各種關係。在論述這種種現象和關係時，處處體
現出嶺南文化在粵方言詞彙形成發展中所發揮的作用。書中最
後兩章更開宗明義地以〈粵語詞彙與南粵民俗〉和〈粵語詞彙
與外來文化〉為題，依據作者反復深入田野調查實踐所積累下
來的豐富語料，進行認真細緻的分析歸納，從粵方言詞彙的事
實表現中得出科學的、令人信服的結論。尤其值得一提的是：
書中有些提法頗具新意，例如在述及粵語詞彙的內部差異時，
提出三種不同的類型：以廣州話為代表的省城粵語，以香港話
為代表的洋化粵語和以鄉鎮方言為代表的傳統粵語。這一提法
是比較新穎的，也是符合實際情況的。

　　毫無疑問，這樣一本學術含量相當高的著作，既是學術性
的著作，同時也是應用價值和普及功能都比較高的著作。作者
在深入淺出、通俗易懂方面是下足功夫的。當前正需要大力開
展方言知識的普及工作，讓廣大方言地區的人民群眾都能掌
握方言的基本知識，正確理解方言、運用方言，特別是自己熟
悉的、天天不離嘴的方言，從而可以進一步創造條件，和專業
人士一起，協力做好語言資源的保護和利用的工作。就這一點
來說，這本通俗易懂的粵方言詞彙著作，必然會深受廣大讀者
的歡迎，說它是一本普及粵語知識的好書，也就完全名副其實
的了。

第一章　粵語詞彙導論　**01**

　第一節　詞彙與社會生活的關係　3

　　一、詞彙的定義　3

　　二、詞彙與社會生活的關係　5

　第二節　粵語的分佈與構詞特點　8

　　一、粵語的分佈　8

　　二、粵語的構詞特點　9

　第三節　粵語的常用特色詞　14

　　一、日常生活中常見的單、雙音節詞　14

　　二、常用熟語　16

第二章　粵語詞彙內部差異　**21**

　第一節　以廣府地區為代表的省城粵語　23

　　一、廣州話詞語的分類　24

　　二、廣州話詞語的保守與新變　39

　　三、廣州話詞彙的發展　40

　第二節　以香港話為代表的洋化粵語　47

　　一、香港粵語的來源與香港社區詞　47

　　二、香港粵語中的外來詞　50

目錄

第三節　以鄉鎮粵語為代表的傳統粵語　53

　　一、存古性更強　53

　　二、地域色彩明顯　54

　　三、構詞方式有所不同　56

第三章　粵語詞彙的書寫系統與粵語文學藝術　❺❾

第一節　粵語詞彙的書寫系統　61

　　一、方言字的定義　61

　　二、粵語用字的類型　64

第二節　粵語文學藝術與粵語詞彙　73

　　一、粵語說唱類文學作品　74

　　二、粵語書面語文學作品　90

第四章　粵語詞彙的古代來源　❶❶❶

第一節　粵語詞彙中的古漢語詞　103

　　一、粵語詞彙使用古語詞語的幾種類型　103

　　二、粵語保留古語詞的原因　109

　　三、粵語古語詞的變異　112

第二節　粵語詞彙中的古百越詞　116

第五章　粵語詞彙與南粵民俗　❶❷❸

第一節　自然地理環境與地名文化　125

　　一、自然地理環境　125

　　二、廣府地區的地名用字　127

　　三、南粵地名中的底層詞　129

第二節　粵語詞彙中的避諱文化　133

　　一、語意避諱　134

　　二、諧音避諱　136

　　三、雅化 —— 避諱的特殊形式　140

第三節　粵語詞彙與飲食文化　141

　　一、多姿多彩的地方特色美食名稱　141

　　二、粵菜多樣性的反映 —— 各顯其妙的烹調術語　142

　　三、養生用語形象生動，貼近生活　143

　　四、菜式清淡為主，新式粵菜催生粵語創新　144

　　五、粵語飲食類詞語的轉指現象　145

第六章　粵語詞彙與外來文化　147

第一節　廣府文化與粵語外來詞　149

　　一、粵語外來詞產生的歷史背景　149

　　二、粵語外來詞凸顯的文化內涵　151

第二節　粵語詞彙中的外來詞　153

　　一、粵語外來詞的類型　153

　　二、粵語外來詞的特點　160

　　三、粵語外來詞的內部差異　161

第三節　粵語外來詞的向外傳播　164

　　一、北語南下是大勢所趨　164

　　二、南、北外來詞共存共用　166

　　三、粵語外來詞向北輻射　167

　　四、粵語外來詞外向傳播的思考　169

參考文獻　170

前　言

　　《粵語詞彙講義》是以介紹粵語詞彙基本面貌的一本普及讀物，內容力求簡明扼要，同時能較為全面地反映粵語詞語的特色。這對於我們來說，並非一件易事。經過半年多的努力，多次修改，終於有了現在這樣一個結果。為了便於讀者閱讀，謹此交待一下《講義》的框架和特點。

　　第一章為導讀性質，首先闡述詞彙與社會生活的密切關係，然後討論粵語的分佈與構詞特點，第三節對粵語的常用特色詞進行一些介紹；

　　第二章至第六章為本書的主幹。其中第二章涉及粵語詞彙的內部差異，本書從文化類型着眼，首次提出粵語的三種類型：以廣州話為代表的省城粵語，以香港話為代表的洋化粵語，以鄉鎮方言為代表的傳統粵語。第三章分析粵語詞彙的書寫系統與粵語文學藝術，內容包括粵語詞彙的書寫系統和以書寫系統作為支撐的粵語書面語文學作品。第四章討論粵語詞彙的兩個古代來源：古漢語詞和古百越詞。第五章展示粵語詞彙的地方特色，內容有：自然地理環境與地名文化、避諱文化、飲食文化。第六章主要研究粵語中的外來詞，內容包括廣府文化與粵語外來詞、粵語詞彙中的外來詞、粵語外來詞的向外傳播。這樣一種安排，基本上從時空和源流的角度，勾勒了粵語詞彙的大致輪廓。但是，由於篇幅的限制，有些內容還無法顧及，如海外粵語的表現和特點，有的內容也不夠深入，如各片粵語詞彙的討論，還有粵語俗語的類型，都需要做進一步的探討。

　　詞彙研究不易，方言詞彙的研究更加不易，因為涉及的語料實在太多，加上調查不夠平衡，很容易導致研究時的捉襟見肘。《粵語詞彙講義》只是粵語詞彙宏觀研究的第一步，但我們相信有了這第一步，將來進行粵語詞彙的全面綜合性的研究，就有了比較堅實的基礎。我們期待着這一天。

邵慧君　甘于恩
2017 年 11 月 10 日

第一章

粵語詞彙導論

　　語言既是人類交際的工具，又是文化的產物、文明的結晶。粵語通行於嶺南大地，粵語詞彙直接映射了嶺南文化的方方面面，是中華文化的有機組成部分。本章對相關的詞彙知識做概要性的介紹。

第一節　詞彙與社會生活的關係

一、詞彙的定義

　　語言分為語音、詞彙、語法三要素，其中詞彙與現實生活的關聯度最密切，最為直接。

　　甚麼是詞彙？不同的學者、不同的教科書有不同的定義。按照一般的理解，"詞彙是語言的建築材料，是詞和語的集合體。"[1] 詞彙是一個立體交叉的系統網路，這個系統網路又由三個子系統來組成：一是本體系統，二是來源系統，三是熟語系統，這三個系統互相區別但又互有關聯。

1　邵敬敏主編《現代漢語通論》2 版，上海教育出版社，2007 年，第 111 頁。

（一）本體系統

所謂本體系統是指詞彙的基礎體系，包括同音詞、同形詞（形式角度），單義詞、多義詞、上下義詞、類義詞、同義詞、反義詞（意義角度）。

（二）來源系統

所謂來源系統是指詞彙的生成體系，包括古詞語（也叫古語詞）、方言詞語、社區詞語、行業詞語、外來詞語5種。《現代漢語通論》把新詞語也歸入來源系統，似可商榷。新詞語只是來源系統的結果，不是來源系統本身，新詞語與舊詞語相對，如果要分的話，可以放在時間系統中（雖然還暫時沒有這樣分），其實新舊都是相對的，在時間縱軸上，任何一個詞可以說既是舊詞，又是新詞，絕對的新詞是沒有的（哲學意義上的新詞是指當下產生的詞，但一旦產生，就已經成為舊詞）。

（三）熟語系統

所謂熟語系統是指詞彙的衍生系統，也可以說是定型化短語的總匯。熟語是詞語歷時發展的結果，包括成語、慣用語、歇後語、諺語（以及格言）等。熟語也可以說是自由性的"短語"（包括句子）成熟化、常用化、定型化的結果。

二、詞彙與社會生活的關係

漢語詞彙作為漢語中最活躍、最敏感的組成部分，對於社會生活中出現的新事物，必然相應加以呈現。漢語是世界上影響最大的語言之一，具有很強的語言活力，因此，但凡新的制度、新的觀念、新的事物、新的工具、新的行為等，漢語詞彙都會用一定的形式加以表現。漢語詞彙的不斷變化和發展，與社會生活有密不可分的關係。

（一）漢語詞語與社會生活

不同的社會環境，對語言的面貌具有巨大的作用力。漢語早期以農耕為主，所以詞彙中有大量的農事方面的用語，如"早造、戽斗、水車、倒春寒、春分秧壯、夏至菜黃"等等。隨着中國向現代化社會轉型，不少農業用語使用頻率慢慢降低，甚至退出歷史舞台，例如"釜、箕、壅田、糶米"，不一而足。

粵方言是接受最多外來詞的漢語方言，這跟廣東、港澳特殊的歷史和地理環境有關，其中香港粵語中英語外來詞最多，澳門粵語中葡萄牙語外來詞則多見。有些外來詞尚未被普通話所接納，如"曲奇（←cookie）、士多（←store）、克力架

（← cracker）、啫喱（果凍← jelly）"等，但也有不少已經進入普通話，如"T恤、蛇果、巴士、的士"等。

（二）新詞新語的產生與舊詞語的退出

語言是活的，必然有新詞新語產生，並伴隨着舊詞語的消亡。這是正常的現象，必須抱着坦然的態度。傳統建築以平房居多，故生活中與平房相關的詞語便有很多，如"屋簷、桁、門閂、天井"。

既然語言時時有新詞語進入，那麼，舊詞語的淡用，乃至消失，是很自然的事情。比方粵語"關門"用"閂門"，因為老式建築有"門閂"，關門必須上閂。可是現代都市平房已經很少見了，即使有的話，結構與傳統建築亦不同，多數市民要居住在樓房裏，傳統對開的木門已經不用，因而"閂門"很自然被"關門"所取代，這裏固然有普通話影響的因素存在，但最根本的因素是社會生活的變遷，使得語言使用者選擇更能反映現實的詞語。

傳統社會講究禮教禮節，這在親屬稱謂中有所體現，早期粵語稱謂有"老爺（家公）、安人（家婆）"，與後輩早起請安的規矩有關，現在禮儀大為簡化，因而媳婦只稱"家公、家婆"。

（三）大眾傳媒加速新舊詞語的更替

新舊詞語的更替是以社會生活的變遷作為依據的，社會生活變化了，詞彙便會相應產生變化。可是，大眾傳媒對此具有催化和加速的作用。尤其是網路的普及，使得新詞語的傳播以前所未有的速度滲入社會，當然，更替的頻率也更快。

　　粵語舊詞有"出糧"，意思是發工資，這與舊時的薪酬制度有關，傳統社會曾經以糧食替代薪金，故粵語將發工資稱為"出糧"；可是現代社會薪酬以貨幣支付，故大陸的粵語現在"發工資""出糧"皆可用，年輕一代甚至多說"發工資"。這並非孤例。

第二節　粵語的分佈與構詞特點

一、粵語的分佈

　　粵語是漢語的七大方言（或分為十大方言）之一，粵方言或稱"廣東話""白話"，但並非指廣東境內的所有方言，而是指一種流行於廣東、廣西，以及港、澳等地，以廣州話為代表的漢語方言，在嶺南地區屬優勢方言。其分佈區域主要在兩廣，包括珠江三角洲、粵中地區和粵西南地區，粵北、粵西的部分地區，廣西的東南部（如南寧、玉林、北部灣等地），以及海南島的一些工礦及林場。隨着近一百多年華僑的遠涉重洋，粵方言在海外亦有廣泛分佈，主要如美國、加拿大、澳洲、新西蘭、歐洲某些國家的華人社區，東南亞地區的馬來西亞、新加坡、印尼、越南、緬甸等國。此外，中南美洲的古巴、委內瑞拉、多明尼加、哥倫比亞及哥斯大黎加等國，粵語四邑話亦較通行；在非洲的南非、馬達加斯加等國，也有粵語的存在。

二、粵語的構詞特點

從總體特點來說，粵語與共同語有許多一致的構詞特點，但依然存在一些突出的差異，值得注意。其構詞方式的特色主要體現在音節偏簡和具有特殊詞綴，以下分別討論。

（一）音節的多寡

跟普通話詞彙的詞彙相比，在同一語詞所顯示的音節數目（長短）上有不少差異。這主要是由於入聲調的消失造成大量同音現象，為了辨義起見，現代漢語的語詞多已從古代的單音節走向雙音節了，而粵方言部分詞語仍保留在單音節狀態。例如：

廣州話	衫	明	耳	知	眼	窿	易	蔗	慣	蟻	尾
普通話	衣服	明白	耳朵	知道	眼睛	窟窿	容易	甘蔗	習慣	螞蟻	尾巴

（二）詞綴的差別

漢語普通話和各方言多少都有一些構成雙音節（多音節）詞的詞綴（包括前綴和後綴）。有無前綴後綴或使用不同的前綴後綴，也顯示出不同的構詞特色。廣州話的詞綴多樣，其中有不少普通話或其他方言沒有或少用的詞綴，如前綴"阿"，後綴"仔、佬、婆、女、妹、公、乸"等等，而普通話中最常見的表"小"義的後綴則是"子"和"兒"，廣州話有許多加了前綴或後綴的語詞，在普通話中是並不附加前綴後綴的。下面分別舉例說明：

1. 廣州話的前綴"阿"（又寫作"亞"）放在親屬稱謂或姓名的前面，在鄰近的閩、客方言中也有，但在北方方言中未見出現。這個"阿"用法與普通話中的"老"近似，但普通話的"老"多少有點親切感，對不熟悉的人是很少說"老×"的；而廣州話中，加"阿"前綴卻沒有表示親切的意味。例如："阿哥、阿嫂、阿陳、阿俊、阿明、阿英"等等，都並非含親切的含義，但含有熟悉（近親或熟人）的意味。

2. 廣州話中用得很多的"仔"〔tʃɐi³⁵〕，除了單用時是"兒子"、"男孩子"的意思外，作後綴用時主要表示小義，類似於普通話的"子"和"兒"，但適用範圍也不盡相同。普通話中有些不表"小"義的"子"，廣州話就不能加後綴"仔"；反之，廣州話也有一些加了後綴"仔"的，在普通話中也不能加"子"。

廣州話用"仔"，普通話用"子"或"兒"：

廣州話	雀仔	鴨仔	傻仔	肥仔	男仔
普通話	鳥兒	鴨子	傻子	胖子	男孩兒（男孩子）
廣州話	女仔	後生仔	歌仔	古仔	
普通話	女孩兒（女孩子）	小伙子，年青的男子	歌兒	故事兒	

廣州話用後綴"仔"，普通話不用後綴"子"或"兒"：

廣州話	煙仔	啞仔	衫仔	書友仔 / 同學仔	孤寒仔
普通話	香煙	啞巴	小衣服	小同學	吝嗇鬼

普通話有用後綴"子"或"兒"，廣州話沒有後綴"仔"：

廣州話	杯	票	日	櫃	領	袖	褲	鉗	花
普通話	杯子	票子	日子	櫃子	領子	袖子	褲子	鉗子	花兒

3. 廣州話的指人後綴"佬"放在某種事物或某種工作之後，用以表從事該工作的成年男性。類於普通話的"匠"、"師"等。例如：

飛髮佬 —— 理髮師　　　　　收買佬 —— 撿破爛兒的
報紙佬 —— 派送報紙的人　　耕田佬 —— 莊稼漢
泥水佬 —— 泥瓦匠　　　　　補鞋佬 —— 補鞋匠

"佬"在指成年男子時，有時也放在形容詞或地名的後面，多少帶有一點輕蔑色彩。如：

傻佬 —— 傻男人　　　　　　鄉下佬 —— 鄉巴佬
鹹濕佬 —— 好色的男人　　　孤寒佬 —— 吝嗇的男人

客家佬 —— 客家地區的男人　　寡佬 —— 單身漢

賊佬 —— 賊，強盜　　　　　　XX 佬 —— XX 地方的男子

4. 廣州話另有一個與"佬"相對的指人後綴"婆"，用以表成年女性。其作用與"佬"近似，多為表示所從事的職業，也有放在形容詞後面的，帶有輕蔑意思。例如：

事頭婆 —— 女店主，女主人

車衫婆 —— 以縫紉衣服為職業的女人

洗衫婆 —— 以洗衣服為業的女人

湊仔婆 —— 帶孩子的女人

肥婆 —— 胖女人

癲婆 —— 瘋女人

八卦婆 —— 好管閒事的女人

大肚婆——孕婦

5. 廣州話還有兩個跟指稱男孩子的"仔"相對，用來指稱小女孩和年輕女孩的後綴"女"和"妹"〔mui55〕。如：

嚦女 —— 能幹的女孩子　　　傻女 —— 傻姑娘

乖女 —— 乖巧的女孩子　　　後生女 —— 年輕女子

靚女 —— 漂亮的女子　　　　廣州妹 —— 廣州姑娘

學生妹 —— 女學生　　　　　傻妹 —— 傻女孩子（昵稱）

6. 廣州話中有一對主要用來區分動物"雌、雄"的構詞詞素"公、乸"，如：

雞公 —— 公雞　　　　雞乸 —— 母雞
狗公 —— 公狗　　　　狗乸 —— 母狗
貓公 —— 公貓　　　　貓乸 —— 母貓

除用於動物外，"公"也用來指老年或成年男子，如：

伯爺公 —— 老大爺　　　　盲公 —— 瞎子

"乸"較少用來指人，但口語中可以聽到以"乸"為構詞成分的詞語，如"婆乸"（中老年婦女，俚俗說法）、"乸型"（女人樣），都有貶損色彩。

前面提到，廣州話有特色的構詞後綴比較豐富，除上述幾種外，還有其他一些："頭"（名詞標誌，如：男仔頭），"法"（表示方式、狀態，如：講法、食法、玩法），"包"（指人，含責備口吻，如：喊包，指愛哭的孩子；衰女包，對女孩的昵稱），"友"（對男子稱呼，有時含貶義，有時又有親昵意思。如：為食友，指嘴饞者；蠱惑友，指奸詐、滑頭的人）等。

第三節　粵語的常用特色詞

　　就語源來看，粵語有一大批自生的特色方言詞，這些詞應該說大都是本方言區人民結合方言地區的具體情況創造出來的，能夠適應本方言區日常生活的需要，反映本地經濟、文化及日常生活的特色。由於粵語地區歷來方言文學比較發達，方言詞彙"入文"的現象相當普遍，導致許多記錄方言口語詞的方言字也應運而生，用自創的方言字書寫粵語詞，這正是廣州話的特色所在。

一、日常生活中常見的單、雙音節詞

　　粵語有許多有別於其他漢語方言的特色詞（有人稱為"特徵詞"），形式上看屬於單、雙音節，由於使用頻率高，定型程度強，它們具有"詞"的性質。這類詞例如：

嘢〔jɛ¹³〕── 東西、事情　　掹〔mɐŋ⁵⁵〕── 拔起

餸〔ʃoŋ³³〕── 菜（下飯的）　搵〔wɐn³⁵〕── 尋找

脷〔lei²²〕── 舌頭　　　　唸〔kip⁵⁵〕── 箱子

扻〔tɐm³⁵〕── 捶，扔　　　喐〔juk⁵⁵〕── 動

奀〔ŋɐn⁵⁵〕── 瘦小　　　　嗌〔ŋai³³〕── 叫，喊

以上都是用獨有方言字表示的廣州話方言詞，在一些用粵語撰寫的作品中，這些方言字經常可以遇見。還有一些粵方言的特色語詞，用的是通用漢字，代表的卻並非漢字原來的意義，只不過借用同音字來代表另一個粵方言的語詞罷了。例如：

點〔tim³⁵〕── 怎麼樣

牙煙〔ŋa²¹jin⁵⁵〕── 危險

宿〔ʃok⁵⁵〕── 餿，汗臭

論盡〔lœn²²tsœn²²〕── 累贅，笨手笨腳，麻煩

歎〔than³³〕── 享受

百厭〔pak³³jim³³〕──（小孩）淘氣

矛〔mau²¹〕── 野蠻

牙刷〔ŋa²¹tʃhat³³〕── 形容自負，討人嫌

點解〔tim³⁵kai³⁵〕── 為甚麼

企理〔khei¹³lei¹³〕── 整齊，有條理

肉緊〔jok²²kɐn³⁵〕—— 着急

鬧交〔nau²²kau⁵⁵〕—— 吵架

閉翳〔pɐi³³ŋɐi³³〕—— 鬱悶

因住〔jɐn⁵⁵tʃy²²〕—— 小心，留神

孤寒〔ku⁵⁵hɔn²¹〕—— 吝嗇

二、常用熟語

羅常培認為：要"着重詞彙的收集和研究"，"注意每個常用詞彙在各地人民嘴裏的活方言有甚麼異同。"[2] 熟語是最能反映地方方言詞語的神采和靈性的，包括慣用語、歇後語、諺語、成語等定型化的語詞片段。可是，語言學界特別是方言學界，對於熟語的搜集整理乃至研究，遠遠不足夠。這樣便局限了我們對方言詞彙全貌的了解。

粵語長期以來積累了許許多多生動活潑、多彩多姿的熟語，這些也是粵語特色詞彙的組成部分。可細分為慣用語、歇後語、諺語、成語等。

2　羅常培《語言與文化》，北京出版社，2004 年，第 118 頁。

（一）慣用語

慣用語是"口語中形成的表達一種習慣含義的固定片語"，[3]慣用語的口語性比較強，而定型性則較弱，往往可以插入別的成分或變換語序。粵語的慣用語以三字格為常見，例如：

打斧頭（揩油）、炒魷魚（被解僱）、車大炮（講大話）、托大腳（巴結、奉承）、歎世界（享清福）、食死貓（吃啞巴虧）、食穀種（吃老本）、甩晒鬚（丟光了臉）、算死草（十分吝惜）、鬼打鬼（比喻內鬥）、無厘頭（莫名其妙，尤指言行不合事理）

（二）歇後語

歇後語是一種短小、風趣的語句，由前後兩截組成：前一截起"引子"作用，像謎面，後一截起"後襯"的作用，像謎底，在一定的語言環境中，通常説出前一截，"歇"去後一截，熟悉該語言的聽者照樣可以心領神會。粵語的歇後語非常幽默生動，例如：

和尚擔遮 —— 無法（髮）無天

3　邵敬敏主編《現代漢語通論》2 版，上海教育出社，2007 年，第 143 頁。

冇米粥 —— 水汪汪

賣魚佬洗身 —— 無腥（聲）氣（意為"沒希望"、"沒消息"）

老公撥扇 —— 妻（淒）涼

師姑褲腳 —— 綁死一世

冷巷擔竹竿 —— 直出直入

老鼠拉龜 —— 無從下手

東莞臘腸 —— 又短又粗

方底圓蓋 —— 合不來

豉油撈飯 —— 整色水（裝模作樣）

冇柄茶壺 —— 得把嘴（光有嘴巴，意為只會説）

（三）諺語

　　諺語是民眾對生活哲學的總結，具有哲理性，但形式上有一定的靈活性，一般以短句的形式出現，粵語諺語有：

食得是福

屋寬不如心寬

出門無六月（意謂出門要備足行李）

大石迮死蟹（意指使用高壓手段）

火猛不怕柴濕（喻正面力量大，作用就大）

馬死落地行（喻不怕路途遠）

田螺唔知身扭，由甲唔知身臭（喻缺乏自知之明）

畫公仔畫出腸（喻表達過了頭、多此一舉）

披蓑衣救火（喻惹禍上身）

人搖福薄，樹搖葉落（意指切忌輕佻）

瓜無滾圓，人無十全

有中錯狀元，冇起錯花名（綽號往往一如其人）

打鐵預短，截木預長（喻行事須留有餘地）

雁怕離行，人怕孤單

敬老得福，敬田得穀

（四）成語

成語書面色彩濃厚，是歷史沿用下來的固定短語，如"破釜沉舟、狐假虎威、破天荒"等。方言的定型短語，通常以慣用語或其他俗語形式出現，具備成語身份的並不太多。但是粵語地區自近代以降，書面語吸收了民間語言的養分，得以迅速發展，粵語媒體及粵語文學逐步發達，這也為粵語成語提供了較好的生長環境。如"一頭霧水、心大心細（患得患失）、嘈喧巴閉（鬧哄哄的）、雞手鴨腳（毛手毛腳）、豬朋狗友（狐朋狗友）、龍精虎猛（生龍活虎）、水過鴨背（對所學知識毫無印象）、一手一腳（乾淨利索地獨自完成某項事務）"，有的成語甚至被普通話吸收，例如"親力親為、一頭霧水、鹹魚翻生"。

第二章

粵語詞彙內部差異

　　嚴格說來，粵語是一個較為鬆散的語言聯合體，粵
語片與片之間，文化上的聯繫可能多於來源的聯繫。粵語
內部的詞彙差異，可能大於傳統的認知。從文化的視角來
看，我們提出三種影響較大的類型（不是分區）：以廣州話
為代表的省城粵語；以香港話為代表的洋化粵語（包括澳
門話）；以鄉鎮方言為代表的傳統粵語。

第一節　以廣府地區為代表的省城粵語

　　早期的廣州府，與現在的廣州市行政區域的範圍，並不完全一致。但無論如何，廣州粵語由於通行於省城所在地，具有甚高的社會威望，這是毋庸置疑的。我們將之稱為"省城粵語"，是因為它具有較強的影響力和擴散力，對周邊粵語來說，也具備很強的向心力。

　　粵方言從古漢語繼承發展而來，在歷史上又吸取了當地少數民族語言的某些成分；廣州是著名的僑鄉，鄰近港澳，受外來語言的影響較大；改革開放以來，廣州又處在社會經濟發展的前沿，來自四面八方的人士在這個城市交際頻繁，新事物迅速湧現，各種因素造就了廣州話詞彙系統的特色。因此，從某種程度而言，廣州話詞彙更新的速度更快，新的層次更多，與香港話和其他粵語相比較，受普通話影響更大。

一、廣州話詞語的分類

　　廣州方言中有一大批方言色彩濃厚的口語常用詞，裏面有不少是反映日常生活重要概念的基本詞彙，反映了廣州方言詞彙系統自身的本質特點。下面分類舉些常用詞的例子來説明。

（一）自然、時間

廣州話	讀音	普通話釋義	備註
熱頭	jit²²theu³⁵	太陽	廣州話還指"日光"
月光	jyt²²kuɔŋ⁵⁵	月亮	
涌	tʃhoŋ⁵⁵	小河流	
海	hɔi³⁵	江，河	
雨溦	jy¹³mei⁵⁵	毛毛雨	
白撞雨	pak²²tʃɔŋ²²jy¹³	太陽雨	
而家	ji⁵⁵ka⁵⁵	現在	或寫作"依家"
第日	tei²²jet²²	以後	
琴日	khɛm²¹jet²²(mɛt²²)	昨天	
尋日	tʃhɛm²¹jet²²		
今日	kɛm⁵⁵jet²²(mɛt²²)	今天	
聽日	thɛŋ⁵⁵jet²²	明天	

朝頭早	tʃiu⁵ ⁵theu²¹ tʃou³⁵	早上，上午
晏晝	an²² tʃeu³³	中午，下午
挨晚	ai⁵⁵ man⁵⁵	傍晚
晚頭黑	man¹³ theu²¹ hak⁵⁵	夜裏
出年	tʃhœt⁵⁵ nin³⁵	明年
熱天	jit²² thin⁵⁵	夏天
頭先	theu²¹ ʃin⁵⁵	剛才
翻風	fan⁵⁵ foŋ⁵⁵	颱風
打風	ta³⁵ foŋ⁵⁵	颳颱風
行雷	haŋ²¹ lœy²¹	打雷

（二）動植物

廣州話	讀音	普通話釋義	備註
大笨象	tai²² pen²² tʃœŋ²²	大象	
白鴿	pak²² kap³⁵	鴿子	
馬騮	ma⁵⁵ leu⁵⁵	猴子	
田雞	thin²¹ kei⁵⁵	青蛙	
簷蛇	jim²¹ ʃɛ³⁵	壁虎	
黃犬（蠗）	wɔŋ²¹ hyn³⁵	蚯蚓	
百足	pak³³ tʃok⁵⁵	蜈蚣	
甲由	kat²² tʃat³⁵	蟑螂	

廣州話	讀音	普通話釋義	備註
木蝨	mok²² ∫ɐt⁵⁵	臭蟲	
烏蠅	wu⁵⁵ jeŋ⁵⁵	蒼蠅	
雞乸	kɐi⁵⁵ na³⁵	母雞	
雞項	kɐi⁵⁵ hɔŋ³⁵	未下蛋的母雞	
粟米	∫ok⁵⁵ mɐi¹³	玉米	
矮瓜	ɐi³⁵ kua⁵⁵	茄子	
薯仔	∫y²¹ t∫ɐi³⁵	馬鈴薯	
番瓜	fan⁵⁵ kua⁵⁵	南瓜	
番茄	fan⁵⁵ khɛ³⁵	番茄	
龍牙豆	lɔŋ²¹ ŋa²¹ tɐu³⁵	扁豆	
馬蹄	ma¹³thɐi³⁵	荸薺	
金針	kɐm⁵⁵ t∫ɐm⁵⁵	黃花菜	
蕹菜	oŋ³³ t∫hɔi³³	空心菜	也叫"通菜"
頻婆	phɐn²¹ phɔ³⁵	鳳眼果	

（三）稱謂

廣州話	讀音	普通話釋義	備註
阿爺	a³³ jɛ²¹	爺爺	
阿嫲	a³³ ma²¹	奶奶	
阿爸	a³³ pa²²	爸爸	敍稱為"老竇"
阿媽	a³³ ma⁵⁵	媽媽	敍稱為"老母"
阿伯	a³³ pak³³	伯父	

阿叔	a³³ ʃok⁵⁵	叔父	
姑媽	ku⁵⁵ ma⁵⁵	姑姑	已婚
姑姐	ku⁵⁵ tʃɛ⁵⁵	姑姑	未婚
姑丈	ku⁵⁵ tʃœŋ³⁵	姑父	
姨媽	ji²¹ ma⁵⁵	姨媽	母姐
阿姨	a³³ ji⁵⁵	姨媽	母妹
仔	tʃɐi³⁵	兒子	
孖仔	ma⁵⁵ tʃɐi³⁵	孿生子	
女	nœy³⁵	女兒	
心抱（新婦）	ʃɐm⁵⁵ phou¹³	兒媳	
老竇	lou¹³ tɐu²²	父親	多用於敍稱
舅父	khɐu¹³ fu³⁵	舅舅	四邑片多説"阿舅"
妗母	khɐm¹³ mou¹³	舅媽	
家婆	ka⁵⁵ phɔ³⁵	婆婆（夫之母）	
家公	ka⁵⁵ koŋ⁵⁵	公公（夫之父）	
老公	lou¹³ koŋ⁵⁵	丈夫	面稱、敍稱
大佬	tai²² lou³⁵	哥哥	
細佬	ʃɐi³³ lou³⁵	弟弟	
伯爺公	pak³³ jɛ⁵⁵ koŋ⁵⁵	老爺爺	
老坑	lou¹³ haŋ⁵⁵	老頭子	帶貶義
臊蝦仔	ʃou⁵⁵ha⁵⁵tʃɐi³⁵	嬰兒	
細路	ʃɐi³³ lou²²	小孩	

八卦婆	pat³³ kua³³ phɔ³⁵	多管閒事的女人	
攪屎棍	kau³⁵ ʃi³⁵ kuɐn³³	惹是生非的人	
衰仔	ʃœy⁵⁵ tʃɐi³⁵	壞孩子	
二世祖	ji²² ʃɐi³³ tʃou³⁵	敗家子	
大頭蝦	tai²² thɐu²¹ ha⁵⁵	比喻粗心的人	
為食貓	wei²² ʃek²² mau⁵⁵	比喻嘴饞的人	
老友記	lou¹³ jɐu¹³ kei³³	老朋友	
肥佬	fei²¹ lou³⁵	胖子	
四眼佬	ʃei³³ ŋan¹³ lou³⁵	戴眼鏡的人	帶貶義
靚仔	lɛŋ³³ tʃɐi³⁵	英俊的男孩	
鬼佬	kuɐi³⁵ lou³⁵	外國人（多指男性）	
姑娘	ku⁵⁵ nœŋ²¹	護士（本指修女，因舊時教會醫院以修女為護士，故稱）	
三隻手	ʃam⁵⁵ tʃɛk³³ ʃɐu³⁵	小偷	

（四）人體部位

廣州話	讀音	普通話釋義	備註
頭殼	thɐu²¹ hɔk³³	頭，頭骨	
魂精	wɐn²¹ tʃɛŋ⁵⁵	太陽穴	
後尾枕	hɐu²² mei¹³ tʃɐm³⁵	後腦勺	

陰	jɐm⁵⁵	劉海	
鼻哥	pei²² kɔ⁵⁵	鼻子	
吊鐘	tiu³³ tʃɔŋ⁵⁵	小舌	
心口	ʃɐm⁵⁵ hɐu³⁵	胸口，胸脯	
膊頭	pɔk³³ thɐu²¹	肩膀	
肚腩	thou¹³ nam¹³	腹部，腹部的肥肉	
手睜	ʃɐu³⁵ tʃaŋ⁵⁵	胳膊肘	
屎窟	ʃi³⁵ fɐt⁵⁵	屁股	
屎窟窿	ʃi³⁵ fɐt⁵⁵ lɔŋ⁵⁵	肛門	
大髀	tai²² pei³⁵	大腿	
腳瓜瓤	kœk³³ kua⁵⁵ nɔŋ⁵⁵	腿肚子	
腳趾公	kœk³³ tʃi³⁵ kɔŋ⁵⁵	大拇趾	
春袋	tʃhœn⁵⁵ tɔi²²	睾丸〔俗〕	

（五）日常生活的有關事物

廣州話	讀音	普通話釋義	備註
騎樓	khɛ²¹ lɐu³⁵	馬路兩旁橫跨人行道的建築物	
沖涼房	tʃhoŋ⁵⁵ lœŋ²¹ fɔŋ³⁵	洗澡間	
飛髮舖	fei⁵⁵fat³³ phou³⁵	理髮店	髮廊（新説法）
屎坑	ʃi³⁵ haŋ⁵⁵	茅廁	現在多用"廁所"或"洗手間"

石級	ʃɛk²²khɐp⁵⁵	台階
冷巷	laŋ¹³hɔŋ³⁵	兩堵牆之間的窄巷，廊
基圍	kei⁵⁵wei²¹	堤壩
石屎	ʃɛk²² ʃi³⁵	混凝土
火水	fɔ³⁵ ʃœy³⁵	煤油
架撐	ka³³ tʃhaŋ⁵⁵	幹活的工具
焫雞	nat³³kei⁵⁵	烙鐵
單車	tan⁵⁵ tʃhɛ⁵⁵	自行車
十字車	ʃɐp²² tʃˈi²²tʃhɐ⁵⁵	救護車
鏈凹	lin³⁵ khɐm³⁵	自行車的擋泥板
舦	thai¹³	舵，方向盤
鑊	wɔk²²	炒菜鍋
罉（鐺）	tʃhaŋ⁵⁵	平底鍋
兜	tɐu⁵⁵	金屬或搪瓷的碗
樽	tʃœn⁵⁵	瓶子
荷包	hɔ²¹ pau⁵⁵	錢包
燈膽	tɐŋ⁵⁵ tam³⁵	電燈泡
火牛	fɔ³⁵ ŋɐu²¹	日光燈鎮流器
地拖	tei²² thɔ⁵⁵	拖把
遮	tʃɛ⁵⁵	傘
衣車	ji⁵⁵ tʃhɛ⁵⁵	縫紉機
番梘	fan⁵⁵ kan³⁵	洗衣皂

膠擦	kau⁵⁵ tʃhat³⁵	橡皮擦	
信肉	ʃœn³³ jok³⁵	信瓤兒	
紙鷂	tʃi³⁵ jiu³⁵	風箏	
炮仗	phau³³ tʃʃœŋ³⁵	爆竹	
戲橋	hei³³ khiu³⁵	劇情説明書	
揮春	fɐi⁵⁵ tʃhœn⁵⁵	春聯	
手鈪	ʃɐu³⁵ ak³⁵	手鐲	
枱	thɔi³⁵	桌子	
夾萬	kap³³ man²²	保險箱	
獨睡	tok²² ʃœy³⁵	單人牀	
面衫	min³⁵ ʃam⁵⁵	外衣	
波恤	pɔ⁵⁵ ʃœt⁵⁵	球衣，長袖運動服	
笠衫	lɐp⁵⁵ ʃam⁵⁵	針織汗衫	亦泛指從頭上套下來的衣服
棉衲	min²¹ nap²²	棉襖	
牛頭褲	ŋɐu²¹ thɐu²¹ fu³³	寬大褲筒的短褲	
頸巾	kɛŋ³⁵ kɐn⁵⁵	圍巾	
口水肩	hɐu³⁵ ʃœy³⁵ kin⁵⁵	圍嘴兒	
屐	khɛk²²	木拖鞋	
銀紙	ŋɐn²¹ tʃi³⁵	泛指錢，特指紙幣	
碎紙	ʃœy³³ tʃi³⁵	零錢	
銀仔	ŋɐn³⁵ tʃɐi³⁵	硬幣	
舖頭	phou³³ thɐu³⁵	店舖	

攤檔	than⁵⁵ tɔŋ³³	售貨攤，飲食攤	
茶居	tʃha²¹ kœy⁵⁵	茶館	
監倉	kam⁵⁵ tʃhɔŋ⁵⁵	監獄	

（六）食品

廣州話	讀音	普通話釋義	備註
餸	ʃoŋ³³	菜餚	
魚滑	jy²¹wat³⁵	魚肉泥	
豬紅	tʃy⁵⁵ hoŋ²¹	豬血	
燒賣	ʃiu⁵⁵ mai³⁵	一種以燙麵為皮，包裹肉餡上籠蒸熟的傳統麵食	
油器	jɐu²¹hei³³	油炸食品	
崩沙	pɐŋ⁵⁵ ʃa⁵⁵	一種形似蝴蝶的油炸食品	
油炸鬼	jɐu²¹ tʃa³³ kuɐi³⁵	油條	
薄鐺	pɔk³³ tʃhaŋ⁵⁵	烙餅	
豉油	ʃi²² jɐu²¹	醬油	
南乳	nam²¹ jy¹³	用芋頭做的醬豆腐	
古月粉	ku³⁵ jyt²² fɐn³⁵	胡椒麵兒	古月為胡
南乳肉	nam²¹ jy¹³ jok²²	五香花生仁	
口立濕	hɐu³⁵ lɐp²² ʃɐp⁵⁵	零食	
雪條	ʃyt³³ thiu³⁵	冰棍	

（七）行為動作

廣州話	讀音	普通話釋義	備註
扰	tɛm³⁵	捶，扔	
撳	kɛm²²	按，摁	
擳	tʃa⁵⁵	抓，拿	或寫作"揸"
攬	lam³⁵	摟抱	
兜	teu⁵⁵	托起	
撩	liu³⁵	撥取	
駁	pɔk³³	接上	
揞	ɛm³⁵	用手捂	
搴	khin³⁵	掀	
擗	phɛk²²	用力扔	
湃	pei³³	過濾	
剁	tœk³³	剁	
掂	tim³³	觸摸	
行	haŋ²¹	走	
走	tʃeu³⁵	跑	
踎	meu⁵⁵	蹲	
睇	thei³⁵	看	
嚼	tʃiu²²	咀嚼	
飲	jɛm³⁵	喝	
嘬	tʃyt³³	吸吮，吻	

屙	ɔ⁵⁵	排便	
憑	peŋ²²	靠	
摟	lɐu⁵⁵	披（衣）	
瞓覺	fɐn³³ kau³³	睡覺	
起身	hei³⁵ ʃɐn⁵⁵	起牀，起來	
歎	than³³	享受	
着	tʃœk³³	穿（衣、鞋等）	
除	tʃhœy²¹	脱（衣、鞋等），摘（帽、眼鏡等）	
執	tʃɐp⁵⁵	撿（起來），收拾	
聯	lyn²¹	縫	
煲	pou⁵⁵	煮	
劏	thɔŋ⁵⁵	宰殺（動物）	
整	tʃɐŋ³⁵	做，修理	
匿	nei⁵⁵	躲藏	
畀	pei³⁵	給予	
慳	han⁵⁵	節省，節儉	
呃	ŋak⁵⁵ (ŋɐk⁵⁵)	騙	
鬧	nau²²	罵	
喊	ham³³	哭	
嘈交	tʃhou²¹ kau⁵⁵	吵架	
整蠱	tʃɐŋ³⁵ ku³⁵	作弄	
度竅	tɔk²² khiu³⁵	想辦法	

詐諦	tʃa³³ tɐi³³	假裝	
傾計（傾）	khɛŋ⁵⁵ kɐi³⁵	談話，聊天	
偷雞	thɐu⁵⁵ kɐi⁵⁵	開小差，偷溜	
睇水	thɐi³⁵ ʃœy³⁵	望風	
打估	ta³⁵ ku³⁵	出謎語	
曬相	ʃai³³ ʃœŋ³⁵	洗照片	
拍拖	phak³³ thɔ⁵⁵	談戀愛	
飲勝	jɛm³⁵ ʃɛŋ³³	乾杯	
埋尾	mai²¹ mei¹³	做收尾工作	
一腳踢	jɐt⁵⁵ kœk³³ thɛk³³	包幹，包攬	
打齋	ta³⁵ tʃai⁵⁵	吃素	
打邊爐	ta³⁵ pin⁵⁵ lou²¹	吃火鍋	
憎	tsɐŋ⁵⁵	恨	
恨	hɐn²²	巴望，想 （做某件事）	
肉赤	jok²² tʃhɛk³³	心疼	
執笠	tʃɐp⁵⁵ lɐp⁵⁵	倒閉	
食夜粥	ʃek²² jɛ²² tʃok⁵⁵	練武術(戲謔語)	
炒更	tʃhau³⁵ kaŋ⁵⁵	從事第二職業	
埋單	mai²¹ tan⁵⁵	（外出吃飯） 結賬	
應承	jɛŋ⁵⁵ ʃɛŋ²¹	答應，應諾	
放工	fɔŋ³³ koŋ⁵⁵	下班	

炒魷魚	tʃhau³⁵ jɐu²¹ jy³⁵	解僱	
雪藏	ʃyt³³ tʃhɔŋ²¹	冰鎮	指在體育比賽中為了保存實力，不讓重要的球員上場，以麻痺對方；而在娛樂界中則指老闆限制藝人的演出或露面機會，以抑制其發展。
攤凍	than⁵⁵toŋ³³	晾涼	

（八）事物性狀

廣州話	讀音	普通話釋義	備註
細	ʃei³³	幼小	
幼	jɐu³³	細小	
大隻	tai²²tʃɛk³³	健壯，個頭高大	
孱	ʃan²¹	病弱	
肥	fei²¹	胖	
闊	fut³³	寬	
逼	pek⁵⁵	狹窄，擁擠	
笡	tʃhɛ³³	陡	
靚	lɛŋ³³	漂亮，好看	
傑	kit²²	濃，稠	

弊	pɐi²²	糟糕	
堅	kin⁵⁵	（質地）好	
攣	lyn⁵⁵	彎曲，捲曲	
肉酸	jok²²ʃyn⁵⁵	醜，難看	
寒背	hɔn²¹pui³³	背微駝	
巢皮	tʃhau²¹phei²¹	表面皺	
企理	khei¹³lei¹³	整齊	
的式	tek⁵⁵ʃek⁵⁵	小巧	
論盡	lœn²²tʃœn²²	累贅，笨手笨腳，麻煩	
邋遢	lat²²that³³	骯髒	
丟架	tiu⁵⁵ka³⁵	丟臉	
痹	pɐi³³	麻木	
衰	ʃœy⁵⁵	壞	
叻	lɛk⁵⁵	能幹	
耐	nɔi²²	久	
晏	an³³	遲，晚	
平	phɛŋ²¹	便宜	
鵪突	wɐt²²tɐt²²	難看，噁心	
劫（澀）	kip³³	苦澀	
滾	kuɐn³⁵	沸	
甩	lɐt⁵⁵	脫落	
得閒	tɐk⁵⁵han²¹	有空閒	

頻撲	phɐn²¹phɔk³³	勞碌奔波	
蝕底	ʃit²²tɐi³⁵	吃虧	
着數	tʃœk²²ʃou³³	上算，合算	
牙煙	ŋaʔ²¹ jin⁵⁵	危險	
犀利	ʃɐi⁵⁵lei²²	厲害	
驚青	kɛŋ⁵⁵tʃhɐŋ⁵⁵	驚慌的樣子	
君真	kuɐn⁵⁵tʃɐn⁵⁵	不作假，講信義	
陰濕	jɐm⁵⁵ʃɐp⁵⁵	陰險狡猾	
牛精	ŋɐu²¹tʃɐŋ⁵⁵	蠻橫，難調教	
百厭	pak³³ʔjim³³	（小孩）淘氣	
醒目	ʃeŋ³⁵mok²²	精明	
鬼馬	kuɐiʔ³⁵ma¹³	機巧而滑稽，不正經	
硬頸	ŋaŋ²²kɛŋ³⁵	固執	
生性	ʃaŋ⁵⁵ ʃeŋ³³	懂事	
反骨	fan³⁵kuɐt⁵⁵	無情義，忘恩負義	
鹹濕	ham²¹ʃɐp⁵⁵	（男人）好色	
作狀	tʃɔk³³tʃɔŋ²²	造作	
求其	khɐu²¹ kheiʔ²¹	隨便	
他條	tha⁵⁵thiu²¹	悠閒	
孤寒	ku⁵⁵hɔn²¹	吝嗇	
縮骨	ʃok⁵⁵kuɐt⁵⁵	自私	
架勢	ka³³ ʃɐi³³	了不起，自以為是	

二、廣州話詞語的保守與新變

廣州話的詞彙體系，並非完全體現新變、現代的一面，也有穩固、保守的一面，只是跟鄉鎮粵語相比，這種保守性來得弱一些。通過以上列表的詞彙，我們至少觀察到這兩點：

（一）廣州話詞語的保守性

粵語萌芽於先秦，成形於唐宋，其詞彙中亦有少數保留了早期漢語的某些說法，如"心抱"（即"新婦"）保留了上古漢語的重唇讀法，類似的還有"溦"（小雨）；還有"給"說成"畀"也是早期漢語的表達（《集韻》必至切，《爾雅·釋詁》："畀，賜也"）。關於這方面的內容，可以參閱第四章"粵語詞彙的古代來源"。

（二）廣州話詞語的新變性

廣州話畢竟是省城方言，它與其他語言接觸的機會更多，主要體現在與普通話和英語的接觸上，例如"閂門""關門"（普通話的說法）並用，"出租車""的士"（英語的來源）並用，而且許多新生事物是從省城開始命名，然後擴散開來的，如"炒更""小蠻腰"（廣州塔）"BRT（快速公交系統）"等，而且許多與傳統農耕社會相關的事物，也是先從廣州話開始消失，如現在年輕一代的廣州人大多只説"蜻蜓"，而不太説"塘尾"，只知道"廚房"，而不説"下間"，只説"水泥"，不説"紅毛泥"。這些當然與廣州的大都市生活有關，也與普通話影響的擴散密切相關。

三、廣州話詞彙的發展

方言是不斷變化發展着的，詞彙顯得更加突出，廣州話也不例外。特別是近十多年來，廣州地區的經濟迅猛發展，成為我國改革開放的窗口之一，社會生活節奏的加快促進了廣州話舊詞的消亡和新詞的產生，大量香港和澳門當地的詞語被吸收到了廣州話裏；廣州話詞彙也走出了粵方言區的範圍，作為一種強勢方言，對鄰近的方言詞彙產生了較大的影響。另外，普通話的詞彙不斷滲透到廣州話詞彙裏來，廣州話詞彙反過來也明顯影響了普通話。下面分別敍述。

（一）舊詞的消亡和新詞的產生

有些詞在現在廣州話裏已不説或明顯少説。例如：

柴爐 （燒柴的爐子）　　　大天二 （稱霸一方的惡霸）

電船 （汽船）　　　　　　妾侍 　 （小老婆）

米票 （買糧食的證票）　　茶居 　 （酒樓、飯館）

客棧 （旅店）　　　　　　的斜 　 （棉滌斜紋布）

荷蘭薯 （馬鈴薯）　　　　紙角 　 （以前包裝用的紙袋）

缸瓦舖（賣陶瓷製品商店）　郵差 　 （郵遞員）

橋凳（狹長的板凳，多用於架牀）

近十多年來，廣州話詞彙裏出現了不少新詞語，充分反映了社會發展和新事物湧現的現實情況，如"按揭、上網、寫字樓、供屋、睇樓、樓巴、租車行、靚樓筍盤、一日遊、穿梭巴、櫃員機"等等。還有一些詞語以前使用過，後來不用或少用，近年來又出現了，如"小姐、先生、師奶、姑娘（護士）、二奶"等。

（二）對鄰近方言詞彙的影響

粵方言流行於廣東省的大部分地區，由於粵語區政治經濟文化的地位，粵方言在社會交際的作用越來越大，成為一種強勢方言，對周邊方言產生了較大的影響，某些客、閩方言區也使用粵語作為交際語言。因為廣州話是粵語的權威方言，所以，粵方言對鄰近方言的影響主要體現為廣州話的影響，下面敘述的是詞彙方面的情況。

1. 對閩方言詞彙的影響

廣州話對潮汕地區影響不斷增大，以汕頭話為例，近年來吸收了不少廣州話的詞語，如借入了"搞掂（辦妥）、唔該（勞駕）、波鞋（運動鞋）、大排檔（戶外飲食小攤檔）、泊車（車子在固定場所停下存放，通常需要交費）"等；即使是雷州半島的閩方言，粵語的影響也時而可見，如"儕謝（多謝）、馬蹄子（荸薺）"等。至於廣州區內的閩方言島，直接借用粵語的説法，更是常見，如南沙東涌閩南話"鄰居"説成"隔籬"，"事情"説成"件事"，粵語的影響更是顯而易見。

2. 對客家方言詞彙的影響

廣東客家人居住的地方，毗鄰粵語區和閩語區，在與這些方言區的居民多年交往的過程中，從粵語和閩語吸收了某些詞語。相對來説，客家話受粵語的影響大一些，吸收的廣州話的詞語也就多些，不少常用詞語來自廣州話。如客家話的"啱〔ŋam⁴⁴〕（正確）、靚〔liaŋ³³〕（漂亮）、嚦〔liak⁵⁵〕（能幹）、論盡〔lun³¹tsun³¹〕、巴閉〔pa⁴⁴pi⁵²〕（熱鬧、顯揚）、飲茶〔iam⁴⁴tsha¹¹〕、夭〔an⁴⁴〕（瘦小）"，還有"車大炮（吹牛）、番梘（肥皂）、大褸（大衣）、看衰（瞧不起）、惱（憎恨）、戇（呆）、抵（便宜）"等等，都是從廣州話吸收過來的。這説明客家話與粵語有較密切的接觸關係。

（三）廣州話詞彙與普通話詞彙相互滲透

廣州地區雖然地處南方，但與國內其他地區的交往活動非常頻繁，數以百萬計的外地人士到了廣州地區工作、生活、學習，他們用普通話或略帶方音的普通話與廣州市民交往；報刊雜誌、廣播電台、電視台等多是用普通話作為宣傳媒介，普通話在廣州地區得以空前地流行和使用。在廣州話裏出現了越來越多的普通話詞語，廣州話不斷地向民族共同語靠攏。這就是廣州話和普通話的互相滲透，主要體現在以下幾方面：

1. 詞語取用

詞語取用指説到某個概念時廣州話直接使用普通話的詞語，或是普通話中出現廣州話的詞語。

例如，在首都北京和全國各地，街頭、報紙、影視劇、口語中就出現了大量的廣州話詞語，如"雞（妓女）、買單（埋單）、搞定（'定'實為廣州話'掂'〔tim^{22}〕的變形）、電腦、酒樓、酒家、髮廊、髮屋、T恤、爆滿、搶手、搶手貨、酬賓、雪糕、巴士、大巴、中巴、小巴、的士、打的、老公、打工、搶手、飲茶、減肥、焗油、攤位、美食城、寫字樓、洗手間、度假村、跳樓價、收銀台、大排檔、熱身賽、牛仔褲、速食、電飯煲、自助餐、發燒友、打工仔、外來妹、炒魷魚、爆冷門、漢堡包、娛樂圈、愛滋病、超市、第一時間、搬屋公司、勁歌金曲"等。這種詞語取用是新詞產生的基礎,當中有的詞語已被民族共同語所吸收。

而廣州話裏也出現了不少普通話的詞語,例如"火鍋、拉麵、餃子、幹勁、吃力、吃香、到家、大不了、條條框框"等等。更有不少普通話詞語在廣州話口語裏出現,跟方言詞語並用的情況。

2. 詞語並用

無論是廣州話還是普通話,在同一意義的表達上出現了兩種説法,這種現象叫詞語並用。詞語並用體現了共同語和方言的相互包容性。廣州話口語裏出現普通話和方言兩種説法並用的如(後者為普通話説法):

燈膽 —— 燈泡	頸渴 —— 口渴
人客 —— 客人	吟諮 —— 囉嗦
碎紙 —— 零錢	論盡 —— 麻煩
手襪 —— 手套	牙煙 —— 危險
的士 —— 出租(汽)車	好聲 —— 小心
舖頭 —— 商店	是但 —— 隨便
日頭 —— 太陽	生鬼 —— 幽默
上晝 —— 上午	硬頸 —— 固執

晏晝 —— 中午　　　　　恤波 —— 投籃

下晝 —— 下午　　　　　返工 —— 上班

挨晚 —— 傍晚　　　　　蝕底 —— 吃虧

一個字 —— 五分鐘　　　架撐 —— 工具

出年 —— 明年

3. 詞語改用

詞語改用指廣州話或普通話使用對方詞語時經過某些調整與規範。體現了語言內部的系統性。

（1）經過語音系統的規範。如普通話使用廣州話的“的士”時，把原〔tek⁵⁵ ʃi³⁵〕的讀音調整規範為普通話語音 dí shì。又如廣州話“埋單”原讀音〔mai²¹ tan⁵⁵〕，普通話使用時讀音改為 mǎi dān。廣州話裏沒有輕聲詞，少量的兒化詞也是以獨立音節形式出現，如“乞兒”(但西部粵語有較多的兒化詞)，在使用普通話的詞語時，也需要進行調整，如“傢伙”，普通話是輕聲詞，廣州話讀〔ka⁵⁵ fɔ³⁵〕，都是重音節；“模特兒”，普通話是兒化詞，只有兩個音節：mó tèr，但廣州話須讀為三個音節：〔mou²¹ tɐk²² ji²¹〕。

（2）經過語素語義的搭配調整。如北京食品“烤鴨”，近年也在廣州地區大受青睞，但廣州話很少説“烤”（廣州話有近似的“燒烤”），而且吃法有點跟北京不一樣，廣州話把“烤鴨”說成更為接近廣州習慣吃法的“片皮鴨”。又如上面所舉普通話說廣州話的“埋單”，因為“埋”在普通話裏沒有“結賬”之意，改說為“買單”，音近意合倒很合適。再如北京市的計程車除了有轎車之外，還有麵包車，於是北京人用“的”語素構成新詞“麵的”，如此類推，摩托車作營業性的載人用途時，便說成“摩的”了。

　　當然，在廣州話和普通話詞語互相滲透影響時，也出現另外一些問題。如廣州話在取用普通話一些詞語時，不作任何調整，如“條條框框”，“框”廣州話應讀〔hɔŋ⁵⁵〕，普通話讀〔khuaŋ⁵⁵〕，現廣州不少人就把這個詞讀為〔thiu²¹thiu²¹khuaŋ⁵⁵ khuaŋ⁵⁵〕，促使廣州話音節結構發生變化。

第二節　以香港話為代表的洋化粵語

香港粵語的源頭是珠三角粵語，香港粵語詞彙的主體與廣州話並無本質差異（參第一節"廣州話詞語的分類"）。但由於香港特殊的歷史背景和多元的人口來源，使得香港粵語詞彙表現出較大的變異性。其中最有個性的，便是香港粵語的洋化特色，雖然是採用粵音讀出，但其內涵卻體現出與廣州粵語不同的一面，值得注意。

一、香港粵語的來源與香港社區詞

早期香港居民以寶安府居民為多，居住在新界一帶，使用的是客家方言。後來珠三角使用粵語的居民不斷湧入，粵語慢慢佔據了主導地位，香港本地人稱粵語為"廣東話"，廣東話成為民間的通用語言，雖然當地實行的是"兩文三語"（漢語、英語、粵語）政策，其中"兩文"指的是"中文"和"英文"，但實際上，這裏的"中文"與大陸的中文有相當的距離，有人稱為"港式中文"，或三及第中文（中、英、粵混雜），粵語口語的影響甚大。港澳的書面漢語有不少反映當地社會特色的詞語，當然其中也免不了雜有深具粵語特色的外來詞（如"軚"、"沙律"等）。

香港粵語還有一部分自生的特色語詞，乃是由於香港特殊的政治、經濟和歷史所造成的，我們稱之為"社區語詞"。所謂社區語詞是指僅在某個社區通用，反映該社區獨有的政治、經濟、歷史、文化的詞語。田小琳說："所謂社區，指的是社會區域。由於社會政治、經濟、文化制度的不同，由於不同社會背景下人們使用語言的心理差異，在使用漢語的不同社區，流通着一部分各自的社區詞。""中國內地和香港特別行政區、澳門地區（1999年12月20日回歸祖國）、台灣省，在詞彙方面，除了主流詞彙，即大家共通使用的大量詞彙之外，還有一些各自流通的社區詞。推而廣之，海外華人社區也會流通各自的社區詞，比如，東南亞華人社區、美國華人社區、歐洲各國華人社區等。"[1]

有些粵語社區詞，港澳表現得比較一致，這其中有的是由於相似的社會制度，如：立法局、行政局、行政長官、特

1　田小琳《由社區詞談現代漢語詞彙的規範》，《現代漢語教學與研究文集》，商務印書館（香港）有限公司，2004年版，第72頁。

首（特區首長）、廉政公署／廉署、鄉議會、夾心階層、打工皇帝、工業行動（罷工、怠工等與雇主抗爭的行動）、公屋、居屋、垃圾蟲、太空人、三級片、一樓一鳳、保養（保修）、大耳窿（港澳地區高利貸者，尤指賭場上的高利貸者）、高買（超市盜竊）、金魚缸（證券交易所，俗稱）、放蛇（臥底）等，港澳基本一致；有的是由於區域差異引起的稱謂不同，如：澳洲（澳大利亞）、大馬（馬來西亞）、星加坡／星洲（新加坡）、千里達（特立尼達和多巴哥）、紐西蘭（新西蘭）等，前者是港澳的說法，括弧內是廣東粵方言的說法；另外港澳特有的商業名詞，也會造成大陸粵語與港澳粵語的差異，如：六合彩、買馬、辦館（現已少用），大陸粵語較為少用，當然需要時可能直接借用；還有一部分是港澳特有的縮略語和外來詞（如 ICU：重症護理病房），有些外來詞的譯法跟大陸不同（包括廣州粵語，廣州粵語多按普通話譯法），港澳地區皆採用粵音翻譯，這也是形成差異的重要原因，如：朱古力（巧克力，chocolate）、愛滋病（艾滋病）、做騷（作秀）、的士（taxi）、免治（minced，剁碎的）、阿 Sir（警察的俗稱）、打吡（即"德比"，同城的兩支隊伍比賽）[2] 等，不一而足。

2　括弧前是港澳粵語的翻譯，括弧內是大陸粵語的翻譯。

二、香港粵語中的外來詞

相比起廣州話的外來詞來說，香港粵語有三個比較明顯的特點：一是外來詞數量更多，二是語碼混雜的程度深，直接使用外來詞尤其是英語原詞的情形非常普遍，三是專名（人名、地名、機構名）譯音多採用粵音，造成外來詞詞形與大陸譯法不同。（參第六章）

（一）外來詞數量更多

一般認為，廣州話是漢語方言中吸收外來詞最多的方言。但實際上，香港粵語的外來詞更多，使用面更廣。以下這些外來詞香港比較常用：

詞條	香港粵語	廣州粵語	普通話	英語原詞
百分比	巴仙 / percent	百分比	百分比	percent
最後	拉士	最後	最後	last
自助餐	布菲	自助餐	自助餐	buffet
牌照	拉臣	牌照	牌照	licence
充電	叉電	充電 / 叉電	充電	charge

香港外來詞與大陸粵語還有一個不同的是，較為喜歡使用"諧譯"，如"笨豬跳"（英語 bungee jumping），大陸通常譯為"蹦極"。

（二）語碼混雜的程度深

香港外來詞從"音譯"、"意譯"發展到直接用外語書寫或稍經改變發音後在口語中使用。這些詞語廣州人多數不用，有的在年輕人的口語中能聽到一些，但沒有港澳那麼普遍，在書面上則更少見。例如：

ball 場（舞場）、bow 吠（領結）、canteen（餐廳）、
case〔khei^{55}ʃi^{35}〕（案子）、club（夜總會）、copy（複印）、
concert（音樂會）、去 court（上法庭）、cutting（剪裁）、
做 facial（〔fei^{55}ʃou^{22}〕，做美容）、file（〔fai^{55}lou^{35}〕，資料夾）、
form（表格）、食 lunch（吃午飯）、玩 line（打電話交友）、
logo（標識）、mood（〔mut^{55}〕，心情）、office（辦公室）、
part-time（兼職工作）、program（計劃）、proposal（計劃書）、
report（報告）、玩 rock（玩搖滾樂）、打個 round（〔lan^{55}〕，
兜一個圈）、style（風格）、toilet（廁所）、短 top（女式短背心）、
book 房（訂房間）、cancel（撤銷）、confirm（確認）、
do（做）、enjoy（享受）、keep 住（保留着）、
mark 低（記下）、mind（介意）、update（更新、補登）、
double（雙倍）、fit（苗條、狀態好）、full 曬（滿了）、
full-time（全職）、high（飄飄然、痛快）、informal（非正式）、
nice（好）、see-though 裝（透明裝）、sorry（對不起）、
topless（無上裝）、Hi（您好）、anyway（無論如何）、

easy money（容易賺到的錢）、say sorry（道歉）、
sit up（仰臥起坐）、talk show（演説）、why not（為甚麼不）

　　書面上，中英文混用的現象在傳媒中大量出現，這在廣州
是少見的。如：

99 潮流 IN & OUT；

全美暑假勁 Hit 太空特技猛片；

三個男人一個 Show；

Teen Teen 一百 Fun；

超值 Fans 團，至抵地位，無可代替；

媽咪，我要芝士 hamburger 同埋奶昔，奶昔我要朱古力
flavor。

（三）專名譯音多使用粵音

　　例如：列根（里根）、雪梨（悉尼）、修咸頓（Southampton）、
碧咸（貝克漢姆）、占士（James）、阿提斯（阿泰斯特）、金塊（掘
金）、牛仔（小牛）、打吡（即"德比"）、窩打老【道】（Waterloo
Road）、荷里活（Hollywood）。

第三節　以鄉鎮粵語為代表的傳統粵語

　　所謂"鄉鎮粵語"，只是一種寬泛的概念，乃是與廣州、香港這類中心粵語比較而言，是一種影響力相對較弱的粵語，或許稱為"縣域粵語"更準確一些。縣域粵語早期色彩明顯，農耕性強，但在當地也有一定的影響力。從這個意義上說，它們比較能代表傳統粵語，其主要有以下三個特色：

一、存古性更強

　　存古其實也是相對，不過廣府片由於與外來文化接觸較多，以及處於中心位置，接收新文化、新科技更多，詞彙更新速度也比較快，所以，四邑片、勾漏片等鄉鎮粵語相對比較保守一些，某些詞語更能體現早期粵語甚至古漢語的特點。例如，廣府片多說"筷子"，但四會、廣寧、懷集粵語則用"箸"，與古漢語契合，新興縣粵語雖然用"筷子"，但"筷子籠"則說成"箸籠",屬於在語素中保留;"紅毛泥"廣州話已經不用,但懷集、雲浮、封開等地仍在使用。還有將"油"稱為"膏"亦屬此種情況(廣寧、德慶、新興和四邑片)。早期廣州話也有"上味"(鹽)一詞,不過現已不用,"上味"在四邑各點基本保留。

有些老的外來詞,廣州話已經不用,但粵西有的粵語仍在使用,如德慶、雲浮用"士的(棍)"(拐杖)來自英語的stick,廣州話則説"拐"。

二、地域色彩明顯

由於城市化程度的差異,以及地理氣候、風土人情的差異,各地粵語都會產生一些不同的文化詞,如佛山的"石灣公仔",東莞和中山的"瀨粉",順德的"陳村粉"、"冇米粥",陽江的"豬腸碌[3]、

3　豬腸碌是廣東陽江著名的傳統小吃。因外形呈圓條形,貌似豬腸,故名豬腸碌。豬腸碌與粉卷相似,但味道差別甚大,傳統的豬腸碌裏的餡是由豆芽、炒河粉做成,以整張的河粉作皮來包裹,撒上白芝麻,淋些肉香汁,味道鹹中帶香,十分美味。

瀨鑊鑔[4]、狗脷仔[5]”，陽西的“魚瑪[6]”，湛茂地區的“籺”，吳川的“鬼仔戲”（木偶戲）以及粵西各地的“大碌竹”（水煙筒）等等。我們着重以四邑話為例，來看某些詞語與廣州話的差別：

有一部分詞廣州話、普通話說法相同，在四邑話則有不同的說法，例如：“閃電”除斗門_{斗門鎮}、鶴山_{雅瑤}外皆說“天霎”，“冰雹”除斗門_{上橫}、鶴山_{雅瑤}外都叫做“鑿”，“石榴”各點說成“花棯”，“胎盤”在台山_{台城}、開平_{赤坎}、恩平_{牛江}三點說成“人仔裹”，“尿壺”台山_{台城}、開平_{赤坎}的說法是“尿甕”（“尿壺”則專指小孩的尿具），“腳盆”開平_{赤坎}、恩平_{牛江}稱為“腳鉢”。

有些詞的使用限於勾漏片，具有一定的區域特色，如“夾餸”（廣府），勾漏不少點說成“納菜”（肇慶、德慶、封開、雲浮、新興）。

這些傳統粵語詞共同構成粵語文化詞語的庫藏，是了解傳統粵語的鑰匙。

4　瀨鑊鑔又稱“酹鑊邊”、“酹鑊片”、“酹鑊鑔”等，是用“酹”的方法製作一種類似湯粉的食品。做法是用粘米粉和水調成較稀的粉漿，在鐵鍋裏加適量水和配料後燒沸，用勺子將粉漿酹在水面上方的鑊邊上，讓粉漿貼着鑊邊熟成粉片，然後將粉片鏟到鑊中央的沸湯中再煮一會，即成。

5　狗俐仔一種以籺菜為主要原料的點心，陽江人特別喜歡在大暑天吃，有祛濕清熱的作用。這種點心之所以被叫做狗脷仔（在陽江方言中，“脷”就是“舌”的意思），一是因為形似狗的舌頭，二是因為它的功能也像狗脷一樣，散熱。

6　魚瑪：一種用海鮮作餡料炸成的食品，流行於陽西一帶。可以用鮮魷魚、蠔仔、鮮蝦、鱔魚的材料沾上麵粉現點現炸，剛剛上油鍋的魚瑪香脆可口。

三、構詞方式有所不同

廣府和四邑兩片，變調（語義）非常豐富，前者主要是高平和中升變調，後者則是低降和升變調（有各種變體），但勾漏片變調手段用得較少，通常是運用加綴手段(仔尾、兒尾)，或者是單音詞原型，例如[7]：

地點 詞條	廣州	肇慶	德慶	封開	雲浮	新興	郁南
粽子	粽(35)	粽仔	粽仔	粽仔	粽仔	粽仔	粽
柿子	柿(35)	柿	柿子	柿	柿仔	柿果	柿子
桃子	桃(35)	桃仔	桃	桃(35)	桃仔	桃仔	楊桃
蚊子	蚊(55)	蚊仔	蚊(55)	蚊仔	蚊仔	蚊仔	蚊兒
鳥兒	雀仔	雀仔	雀兒	雀仔	雀仔	雀仔	雀兒

從上表可見，勾漏片粵語構詞時變調手段運用得相對較少，但"仔、兒"後綴卻相對多見。

當然，我們說鄉鎮粵語保留較多傳統的詞語，並不能絕對化。其實，在保留古、舊詞語方面，港澳粵語也有比大陸粵語更"古"或更"舊"的例子，如"提堂、呈堂證供、堂費、按

7　括弧裏數字表示變調。

察司、布政司、出更、差餉"等。在涉及社會典章制度等方面，大陸粵語（包括鄉鎮粵語）往往趨同於普通話，這點是需要特別指出的。

第三章

粵語詞彙的書寫系統與粵語文學藝術

在漢語方言中，粵語是除了官話方言之外擁有較為完善書寫系統的方言，這跟近代以來粵語書面語的迅猛發展不無關係，當然港澳地區的教育傳統和傳媒用字也起了很大的作用。

第一節　粵語詞彙的書寫系統

一、方言字的定義

　　漢字是世界上歷史最為悠久的一種書寫系統，記錄着幾千年來中華民族燦爛的文化資訊，也是各地傳承地方文化的工具和載體。漢字從標準與否的角度可以分為"標準漢字"（或稱"正字"）和"俗字"，從語言地位角度可以分為"通語（普通話）用字"和"方言用字"。

　　方言用字的概念古已有之，揚雄《方言》中的"XX 之間曰 X"可以說是各地方言詞語及用字不同的較早記載。例如，《方言》卷二："瞷，睇，睎，眄也。陳楚之間、南楚之外曰睇，東齊青徐之間曰睎……"東漢許慎的《説文解字》也有大體相同的記載："南楚謂眄曰睇"、"海岱之間謂眄曰睎"。方言用字不一定全都是俗字，有些單從字形上看是正字、但該字所代表的意思與共同語差別很大，也可算是方言字。

　　以今天的眼光看，我們給現代的“方言字”下了如下定義：

　　古漢語少見或未見、現代共同語或其他方言不用或少用而某一方言常用的是方言字，如粵方言的“嘢”字；古漢語文獻常見、現代共同語不用或少用而某一方言或少數其他方言卻常用的字也可算是方言字，如粵方言的“睇”字；某一方言常用的某一個字的字形與共同語或其他方言相同，但所表示的意義卻完全不同的也可算是方言字，如粵方言的“甩”字（讀let[55]，意為“脫落”，與普通話中意為“揮動、摍、扔、拋開”的ṣuai[214]音義皆異）。

　　有不少詞語在粵方言區內各地雖然讀音有些差別，但所用來表示該詞語的字卻相同，也就是說，有些字儘管在該方言區內的不同地方讀音有所不同，但所表示的意義在本方言區內卻比較一致，而與共同語或其他方言對照起來看則具有一定的“排他性”，因此，它們有時甚至可以作為判別粵方言和非粵方言的標準之一。例如：

　　嬲，查《現代漢語詞典》：niǎo，〈書〉1. 弄；2. 糾纏。顯然，該字在共同語口語中是很少使用的，書面上似也不多見。但是，在粵語區它卻是一個常用字，音〔neu[55]〕，表示的是“生氣”的意思。“嬲”表“生氣”在粵方言區較高的一致性，而與其他方言比也有較強的排他性——同是這個字，客家話一般表示的是"玩兒"的意思，音〔liau〕；閩方言表示的是"奇怪"或"女人放蕩"的意思，音〔hiau〕，二者與粵語的"嬲"音、義皆有區別。

　　總體而言，在中國各大方言中，粵方言字相對於其他方言來說是比較豐富的，其見諸書籍且明確可以看出是"粵字"的年代可能也比較早。例如，清光緒中葉常見於"僕役、苦力與店主手上"、用漢字為英語注音的《鬼話》、《紅毛番話》等小冊子就已可見許多"粵字"：以"孖打"為 mother 注音；以"屈"為 what 注音，並以"乜"釋其義；以"嚟士"為 rice 注音；以"梭坭地"為 so night 注音，並以"咁夜"釋其義。1852 年《聖經》（《約翰福音》）的最早方言譯本廣州土白版出版，以後又陸續出版了許多種。從《新約·路加》第二十二章中也可見到帶有粵字的譯文："佢哋捉住耶穌，拉佢到大祭司嘅住家……"，這之後的南音《霸王別姬》唱詞也可見粵字："你睇下彭城九郡……"就近幾十年的情況看，粵字入文率最高的當屬香港。廣州除了小報《週末》中的《樂叔同蝦仔》欄目、《南方都市報》的專版以及廣東人民出版社出版的《香港風情》雜誌等刊物使用粵字較多外，其他報刊粵字的使用率不算特別高。其原因也許是傳統字形檔中粵字不多，檢索不便，也可能是出於對可能引發的"不規範"之批評的謹慎。即使使用，也經常要在方言字、詞上加引號（如《羊城晚報》），用得不像香港報刊那麼流暢、自然。不過，只要稍加留意，廣州報刊使用粵詞、粵字的現象還是不時可見的。曾有學者對《羊城晚報》及《廣州青年報》1997 年 1 月和 6 月份共 1055 版的報紙進行過統計調查，結果是在普通話語句中糅進粵方言詞語的約有 830 條，文中出現粵語句式 84 條、粵語熟語和慣用語 36 條，其中當然也出現了不少粵方言字[1]。而粵語區民間認識粵字的人也當不在少數，改革開放後數種粵方言詞典的陸續出版也使得粵字的普及面趨於擴大。

二、粵語用字的類型

粵語用字豐富多彩，表現出民間的智慧。從來源上說，有的來自古漢語，有的則是粵語地區創新的漢字。以下討論常見的幾種類型：

（一）本字

習慣上將方言詞在歷史文獻中最初的書面形式稱為這個詞

---

1 詹伯慧、鍾奇等《廣東地區社會語言文字應用問題調查研究》，暨南大學出版社，2000 年版。

的方言本字。當然，這種推斷是建立在方言與古籍所記漢語詞語“必定同源”基礎上的，在“俗字”已非常流行並已被大眾廣泛接受的今天去為其推斷本字，應有嚴格的規範，不宜過濫。而以“原應讀……今變讀為……”或“原義為……現轉義為……”等方式推斷出來的“本字”則只可“姑妄聽之”或“以備參考”，以之暫替“有音無字”的方言詞未嘗不可，若要以之代替今天已經廣為流傳的“俗字”則難以被大眾接受。

粵方言中較為被普遍認為是“音義皆合”且與目前流行的俗字字形也相同的“本字”不少，例如：

睇：看。《廣雅・釋詁》：“睇，視也。”又，《集韻》齊韻田黎切：“迎視也。”該字也應是廣東潮汕話〔thõĩ〕的本字，以此可很清楚地將其與閩南話的〔khũã〕（看）區分開來。

黐：粘。《廣韻》支韻丑知切：“所以粘鳥。”又，《集韻》：“《博雅》：黏也。”

睩：眼珠轉動。《廣韻》屋韻：“盧穀切，視貌。”

焗：悶熱，烘，燜。《廣韻》鐸韻：“呵各切，熱貌。”

姣：（女人）浪，放蕩。《廣韻》肴韻胡茅切：“姣淫。”

查《現代漢語詞典》：“jiāo〈書〉相貌美，姣好。”粵語與普通話形同而義不同。

（二）本、俗並行字

有"本字"可考，但大眾習慣上喜用另一字代替或因不知
何為本字而使用了另一個字，更多的情況則是二者並用：部
分人或報刊用這一字，部分人或報刊用另一字，有時同一報刊
二者均可見到。相對於上述的"睇"等寫法較統一的字來説，
此類有兩種以上寫法（其中有一種是本字，有時是二者各有所
本）的字更多一些。例如：

返：回。《廣韻》阮韻："府遠切。"《集韻》元韻："孚袁
切。"該字的另一寫法是"翻"或"番"。

煠：放在開水煮熟。《廣韻》："士恰切。"該字通常寫
作"焓"。

搨：打。《廣韻》："德合切。"該字通常寫作"扰"。

脢（肉）：動物背脊兩旁的肉（尤指豬肉）。《廣韻》灰韻莫杯
切："脊側之肉。"該字通常被寫成"枚"或"梅"（同音字）。

（三）訓讀字

所謂"訓讀字"，是指借義不借音、本字另有其字的漢字。
例如：

歪：粵語口語音為〔mɛ³⁵〕，意為"不正、斜"。如：歪咗、借歪、歪身歪勢。該字中古音為"火媧切"（蟹合二平佳曉），當不是粵語詞〔mɛ³⁵〕的本字，因為"義合音不合"。現代粵語借其義而不借其音，是為訓讀字。本字可能是"乜"：《字彙》："彌耶切，音咩，眼乜斜。"

孖：粵語口語音為〔ma⁵⁵〕，意為"雙，雙胞胎（孖生、孖仔、孖女）"。《廣韻》："子之切，雙生子也"。該字今音當為〔ʧi⁵⁵〕，粵語借義不借音，是為訓讀字，本字不詳。

凹：粵語口語音為〔nɐp⁵⁵〕（或加口字旁），意為"陷入"。該字中古音為"於交切"（效開二平肴影），當不是粵語詞〔nɐp⁵⁵〕的本字。

罅：粵語口語音為〔la³³〕，意為"縫兒、縫隙、裂縫"。如：門罅、手指罅、窿罅。該字中古音為"呼訝切"，當非粵語詞〔la³³〕的本字。

啄：粵語口語音為〔tœŋ⁵⁵〕，意為"（用尖嘴）取食"。該字中古音為"竹角切"，當非粵語詞〔tœŋ⁵⁵〕的本字。

（四）會意字

會意字是"六書"之一，大體上整體意義由構成該字的各部分的意義組成的就可算是會意字。下列例字有的應有"本字"，有的可能是由"訓讀"而來，但如果從"方言字並非全據古籍所載之字借用或演變而來"的推斷出發並假設部分方言字是"自造"的（與古字相同實乃巧合），那麼，以今天的眼光看，從造字方法分析，在粵方言區比較流行的一些字可以説是用"會意"的方法造出來的。例如：

嬲：粵語口語音為〔nɐu⁵⁵〕，意為"生氣"，據"一女為兩男所夾必怒"會意造字（試比較：客家話據"男男女女一起玩兒"會意造該字，讀 liau，意為"玩兒"；閩語據"兩男一女有悖一男一女之常規，乃怪事一樁"或"一女事二男必放蕩"會意造該字，讀 hiau，意為"女人放蕩"。因此，三種方言"字同義不同"。或者説是假借了同一個字，但賦予了不同的意義）

奀：粵音〔ŋɐn⁵⁵〕，意為"瘦小，少"。據"不大為小"會意造字。

冇：粵音〔mou¹³〕，意為"沒有"。據"'有'中空即為'沒有'"會意造字。

孻：粵音〔lai⁵⁵〕，意為"最小的（兒子）、最後的"。據"盡頭（最後得來）之子"會意造字。

汏：粵音〔mei²²〕，意為"潛"。"人在水上"為"汆（泅）"，"人在水下"為"潛"。有的人寫作"昩"，則是"同音假借字"。

氹：粵音〔thɐm³⁵〕，意為"小水潭（窪）"，據"水在凹（乙）中"會意造字，"乙"在此可作"象形"理解，若如此則該字亦可算作"象形＋會意"。

嫲：粵音〔na³⁵〕，意為"母"。據"母也"會意造字。或曰：該字原為"媎"，《漢語大字典》："媎 jie，同'姐'。方言。母親。《廣雅·釋親》：'媎，母也'。"

凹：粵音〔nɐp⁵⁵〕，意為"凹進去"，取地面下陷之意。與普通話的"凹"只是字形偶合，普通話音 ao（陰平），與粵音沒有關係。

（五）同（近）音假借字

"假借"也是"六書"之一。"訓讀"是"借義不借音"，"假借"是"借音不借義"。下列例字在粵語區常用，但不能從字面上去理解它們的詞義，是為粵語"同（近）音假借字"：

歎：粵音〔than³³〕，意為"享受"。

痕：粵音〔hɐn²¹〕，意為"癢"。

曳：粵音〔jɐi¹³〕，意為"（小孩）不聽話，壞"。

喊：粵音〔ham³³〕，意為"哭"。

點：粵音〔tim³⁵〕，意為"怎麼樣"。

牙煙：粵音〔ŋa²¹jin⁵⁵〕，意為"危險"。

他條：粵音〔tha⁵⁵thiu²¹〕，意為"從容不迫"。

晒（曬）：粵音〔ʃai³³〕，意為"了，完"。

麻麻：粵音〔ma²¹ma³⁵〕，意為"一般、馬馬虎虎、不怎麼樣"。

另外，粵語中為數不少的"譯音字"也可列入此類字中。例如：

波：源於 ball，意為"球"，再引申為"女人的乳房"。

騷：源於 show，意為"表演、演出、展示"。

（六）形聲字

粵方言形聲字的聲符一般以粵音為據（同音或音近），義符起"按意義歸類"的作用。例如：

與"刀"有關：劙（閹、騸）、劏（宰、殺）；

與"心"有關：㤬（想）；

與"手"有關：扸（提上）、撽（招）、捽（抹、搽、拭）、掟（扔）、掹（拔）、揞（捂）、抑（擠）、揸（抓、握）、搵（找）、揿（撳、按）、搣（掰、擰）、撠（抓）、攞（拿）、抔（舀，用容器裝）；

與"火"有關：炆（燜）、焗（悶、悶熱、燜）、煲（鍋、用鍋煮）、熠（用水煮）；

與"病痛"有關：瘡（累）、癙（痣）；

與"眼"有關：睇（看）、睩（瞪、眼珠轉動）、瞓（睡）；

與"肉"有關：脮（腿）、脷（舌頭）、腩（肚肉）、膣（女陰）、腯（肥胖狀）、膦（男陰）；

與"足"有關：跍（蹲）、跌（腳打滑）。

有不少形聲字可有幾種寫法，如"想"有人寫作"諗"，從"義近"的角度分析，用"豎心旁"表"想"義似乎比"言字旁"為佳。

另外，粵方言中有許多以"口"為偏旁的字，此類字似乎不能算作是嚴格意義上的形聲字，其造字方法似可另列於"六書"之外。但若考慮到"口"表示的不是詞彙意義而是風格意義──即表示該字是口語用字，再考慮到漢語形聲字的義符對字義理解的區別作用雖然比假借字要明顯得多，但其所包含的義類本來就是十分廣泛、模糊的，因此我們目前還是暫且將這些字歸入"形聲字"中。例如：

吽啞（愣）、嚦／叻（能幹、聰明）、呔（領帶、輪胎）、呎（英尺）、呃（騙）、咁（這樣、那麼）、咗（了）、哋（我哋，我們）、唞（歇）、嘜（牌子）、唔（不）、啖（量詞"口"）、啪（啪丸，吸毒，服用搖頭丸等毒品）、啱（剛、剛好）、啲（一點）、嚼（嚼）、啷（動）、喼（皮匣子、皮箱）、喺（在）、嗌（叫、喊）、嗰（那）、嘅（的）、嘥（浪費）、噉（這樣、那樣）、噏（說、亂說）、噍（嚼）、嚟（來）、叮（"啲叮"粵語指吹喇叭）、哋（吃）、嘑（提示語）、嗶（語氣詞，以下皆是）、嘟（喇）、啫、喐（吧）、咋、吖、咩（嗎）、喎、咯、嘞其中，"噍（嚼）"等字可看作是嚴格意義上的形聲字，其他的不少字有"三合"的特點，如"唞（歇，本字當為"敊"）"中的"抖"本身就已經是一個由形旁和聲旁兩部分組成的形聲字，加上"口"旁後就變成"左、中、右"結構的"三合"字了。

（七）減筆字

粵語的減筆字往往糅合了會意手法，再通過筆畫的減少，來達到表意的目的。傳統的"六書"歸入會意。例如：

甴由（蟑螂）："甴由"是粵語中的疊韻詞，"甴"乃借自"甲"字省一筆，"由"表面看是"由"字的省形，實際上是"甲"字的倒形，表示兩個音節之間的疊韻關係，非常形象生動。

孭：粵音〔$m\varepsilon^{55}$〕，意為"背"，從"負子"得"背"（揹）意。"子＋負"，其中"貝"為"負"之省形。

必須指出的是，粵語用字相對於標準語而言，雖然有大致的寫法，但規範並不嚴格，民間對於同一個語音形式（音節），往往有不同的寫法，這在某種程度上影響了粵語區資訊的順暢交流。如何對粵語用字進行有效規範，擬訂標準，就成為當代資訊社會一個值得研究的課題。

第二節　粵語文學藝術與粵語詞彙

　　嶺南方言是嶺南文化的重要載體，也是具有獨特性區域性特徵的文化基因。嶺南方言不僅對我們的思維方式和話語方式有着重要影響，也對我們的文學藝術作品有着極大影響，使得富有地方色彩的文學藝術作品在內容、形式和風格上都有着與眾不同的氣質與價值。

　　與粵語關係密切的方言藝術作品主要有兩大類：一類是以唱或說的方式來表達的，包括戲劇、曲藝、歌謠、流行歌曲等，它們主要運用粵方言來寫，或是方言與官話夾雜的語體風格來創作。另一類是以書面語方式來表達，包括小說、報刊雜誌上的文章，除了港澳有較多的用方言直接書寫文章的報刊外，其餘大部分是以普通話為主，夾雜一些粵方言成分。

一、粵語説唱類文學作品

粵語説唱類文學作品起源很早，從肇始於明中葉的木魚，到清代盛行的龍舟、南音和粵謳等，以及由早期用官話唸唱、最後演變為粵語唸唱的粵劇粵曲，另外還包括生活中的説唱俗文學如鹹水歌、童謠、流行歌曲等等。這些説唱作品大多以方言作為媒介，生長於嶺南大地也活躍於嶺南大地，成為粵方言區域人民喜聞樂見的宣教、娛樂和生活方式，也是一代代粵人記憶深處的文化基因。説唱類文學作品往往通篇方言，屬於純粹的方言類文學。

（一）木魚

木魚也叫木魚歌，也曾稱作摸魚歌，是歷史上第一個粵語曲藝品種，其唱本俗稱木魚書。廣州五桂堂出版過很多木魚書，木魚書就是木魚歌的歌本，最早的有明朝萬曆年間的。木魚屬於戲曲彈詞的一種，以琵琶、三弦琴或低音敲擊類樂器伴奏，似説似唱，娓娓道來。屈大均《廣東新語》卷十二《詩語 A 粵歌》中詳盡介紹了木魚歌："粵俗好歌，凡有吉慶，必唱歌以為歡樂""其歌之長調者，如唐人《連昌宮詞》、《琵琶行》等，至數百言千言，以三弦合之，每空中弦以起止，蓋太簇調也，名曰'摸魚歌'。或婦女歲時聚會，則使瞽師唱之，如元

人彈詞曰某記某記者，皆小説也，其事或有或無，大抵孝義
貞烈之事為多，竟日始畢一記。可勸可戒，令人感泣沾襟。"[2]
木魚的作者一種是民間藝人、家庭婦女，隨編隨唱接近口語；
另一種則由文人寫作唱本交予瞽師賣唱，屬於戲曲表演，多叶
韻工整，文辭講究。例如東莞木魚《二荷花史》：

卷一《白郎十願》：忽來所願漸難窮，願作香簾淡淡風，暑
氣困人衫子薄，我就輕輕吹入佢懷中，芳心畀我都吹動。

卷一《夢贈雙荷》：輾轉不堪疲倦甚，依稀栩栩蝶如人，朦
朧見一青衣女，手持一束笑吟吟。

甚至還有東莞方言的痕跡，如：

卷一《喬妝珠女》：撞着一時難躲避，<u>睇身睇勢</u>覺<u>狼狂</u>。
(P13)（註：東莞方言"睇身睇勢"就是被別人上下掃視身體；
"狼狂"則表"狼狽、難堪"。）

卷四《四美聯歡》：不然君你因何故，<u>疾牙</u>神色咁悲傷？
（註：東莞方言"疾牙"指"一霎間、一瞬間"。）

（二）龍舟

也稱龍舟歌或唱龍舟，由木魚派生。其起源有多種說法，較普遍的說法是：相傳清代乾隆年間，順德縣龍江有個能說會唱的破落公子阿德，覺得木魚太長，就自製一副小鑼鼓掛在胸前，手提木雕龍舟作為標誌，沿街賣唱。這種新鮮的說唱方式自成節拍，清脆明快，大受歡迎，被稱為"短調木魚"。

龍舟內容分為兩種，一種叫吉利龍舟，多是依據物件身份不同而即興編就的吉利話、賀頌詞，如"龍舟到門前，添福又添壽"、"出入平安萬事勝，東成西就百業興"。聞者歡喜，便打賞衣食財物，因此也被稱為乞兒龍舟。又如賀歲龍舟：

老爺本事好名聲，奶奶樂善好施心地正，少奶有喜又添丁，細蚊仔快高長大兼生性……買下良田有萬頃，收租收到去五羊城。龍舟唱過人人高興，大把利是派俾我拎。

另一種是把原來木魚書的故事、民間故事、舞台戲曲故事、社會生活或時事新聞等編成龍舟唱段。這種說唱龍舟故事起初是在碼頭、渡船表演，後來又擴展到茶樓、公園、農村空地上進行演出。廣州民間藝人吳家耀曾編寫了一首描寫舊時龍舟藝人的生存狀態的龍舟歌：

鑼鼓響啊，唱龍舟啊舟。呢種廣東嘅歌謠體，已經有百載源流。過去嘅民間藝人，都係靠賣唱糊口，手拎住呢隻鑼鼓，拎住個只龍舟啊舟。或在江中渡船，或在沿街行走，但求兩餐溫飽，何計四處漂流。唱下水滸三國，又唱下西遊記個隻馬騮。如果行到大戶人家，就更加要講究了喔，龍頭龍尾添福啊壽，老少平安就到白頭，以前嘅龍舟藝人，就係咁唱嘅啦。[3]

（三）南音

產生於木魚、龍舟之後，發祥於珠江花舫，由文人與妓女共同創造，成熟於清朝，或稱為"廣東南音"（以別於"泉州南音"）。木魚、龍舟只有一個反復演唱的腔調，節拍自由，伴奏比較簡單，且不限於廣州話。而南音一開始就以廣州話入腔，音樂性強，節拍規範，有豐富的板式，不同的腔調，唱詞亦講求平仄叶韻，伴奏樂器有揚琴、箏、琵琶、椰胡、洞簫等。龍舟、南音沿用木魚的唱詞格式，以七字句為主，首句可分解為三、三式，故國內外研究者把三者視作木魚系統。例如葉廷瑞作《客途秋恨》下卷：

3　鍾哲平《龍舟歌仔邊走邊唱三百年》，《羊城晚報》2013.4.6，B3 版。

起式：聞擊柝，夜三更（平），（上句）

　　　　江楓漁火照愁人（平）。（下句）

正文：幾度徘徊思往事（仄），

　　　　勸嬌何苦咁癡心（平）。（上句）

　　　　風流不少憐香客（仄），

　　　　羅綺還多惜玉人（平）。（下句）[4]

又如《霸王別姬》：

王聽罷，更傷悲，誰無死別與生離？非是寡人拋別你，只為勢窮無計效於飛。今日帳前休講閒風月，待我共娘賦下呢首斷腸書：力拔山兮氣蓋世，時不利兮騅不逝，堪埋血淚如山積，踏碎梨花片片飛。"[5]

（四）粵謳

粵謳又名越謳，別稱解心，亦發祥於珠江花舫，形成於清嘉慶末年。廣府說唱發展到清中葉，已具備木魚、龍舟、南音

4　陳勇新〈粵語曲藝的種類、唱腔、影響和價值〉，《佛山科學技術學院學報》2009年6期。

5　鍾哲平〈追尋失落的嶺南絕唱——專訪地水南音守護人唐健垣〉，《羊城晚報》2012.11.10 B5版。

等不同體裁，但原有的體裁都出現了不同的“不合時宜”，木魚太長，龍舟太俗，南音太雅。於是，“變其調，以適合‘珠娘喜歌之以道意’，創造出以粵言粵樂，歌粵事粵物的短歌體新聲。”[6] 即係粵謳，粵謳多為短歌，以長短句寫就，文體活潑，押方言韻而非詩韻，能更自由地唱出心聲。由於粵謳多用拖腔，一個七字句可以唱二十八拍，歌者會運用很多“欸、啊、吖、呢”的語氣助詞。這種一字多韻，一轉三歎的唱法，更適合瞽姬和歌妓演唱。道光八年（1828）刊出招子庸《粵謳》曲集，影響深遠，成為粵謳創作的基本體例。

如招子庸《解心事》：

心各有事，總要解脫為先，心事唔（不）安，解得就了然。苦海茫茫，多半是命蹇，但向苦中尋樂，便是神仙。若係（是）愁苦到不堪，真係惡（難）算，總好過官門地獄，更重哀憐。（下略）

《吊秋喜》更是粵謳的標誌性作品。秋喜是珠江花舫上的歌妓，與招子庸相好。子庸上京會試時，秋喜被逼債，投江自盡。子庸感其心意，一字一淚寫下《吊秋喜》：

6　梁培熾〈南音與粵謳之研究〉，轉自陳勇新〈粵語曲藝的種類、唱腔、影響和價值〉，《佛山科學技術學院學報》2009 年 6 期。

青山白骨唔知憑誰祭？衰楊殘月空聽嗰隻杜鵑啼！未必有
個知心來共你擲紙，清明空恨嗰頁紙錢飛。……諗下從前恩
義，講到銷魂兩個字，共你死過都唔遲！

木魚、龍舟、南音、粵謳四種曲藝產生於粵劇、粵曲之
前，唱腔各有特色。它們自明中葉以來，前後數百年在粵語地
區廣為流傳，成為普通百姓尤其是窮人和婦人知書識禮、了解
社會的宣教手段；更為突出的是，它們對粵劇、粵曲由舞台官
話唸唱轉變為粵語方言演出起到重要的推動作用，也成為粵
劇、樂曲譜曲填詞的重要參考。如今這四種曲藝已瀕臨消失，
取而代之的是當今流行的粵劇和粵曲。

（五）粵劇、粵曲

粵劇主要源頭應該是明末清初形成於山西、陝西、豫（河
南）交界地帶的山陝梆子腔和清乾隆年間形成於皖、鄂、贛一
帶的二簧腔。《中國戲曲志・廣東卷》在記述到粵劇的聲腔時
指出："粵劇的基本聲腔是梆子和二簧，兼有高腔、崑腔及民
間說唱、小曲雜調。早期用中州音韻演唱，從清末民初起逐步
改用廣州方言。"[7] 粵劇在完成從外地腔官話演唱到本地腔方言

7　轉引自劉文峰〈試論粵劇的形成和改良〉，《南國紅豆》2009 年 3 期。

演唱的過程中，融入本地的方言曲藝如木魚、龍舟、南音、粵謳等，逐漸形成了自己獨特、具有鮮明地方色彩的聲腔藝術。

粵曲既可以是截取粵劇中的某段折子戲，也可以是自主獨立的唱曲，它與粵劇的不同主要體現在表演形式和場地的不同，以及體制大小和表演手段的差異，粵劇通常是唱做唸打全方位的，而粵曲更關注唱腔藝術。

粵劇和粵曲作為地方曲藝，粵語方言和粵韻聲腔是其標誌性的兩大特色。首先，粵劇粵曲的語言通常採用書面語、古語詞和方言俗語"三及第"式的語體風格，雅俗共賞，既典雅華麗又貼近地方世俗生活，表現力豐富靈活；其次，粵劇粵曲除起式、收板及上下句末尾音有規限之外，大部分唱詞無固定譜，不同唱者可自行設計唱腔，但必須遵循粵方言押韻和平仄輕重的特點，即所謂的"依字行腔"，因此方言的語音結構很大程度上決定了音樂的旋律模式。由此可見粵語無論是詞彙使用上還是音韻結構上都對粵劇粵曲具有深刻的影響。例如：

攜書劍，滯京華。路有招賢黃榜掛，飄零空負蓋世才華。老儒生，滿腹牢騷話。科科落第居人下，處處長賒酒飯茶。問何日文章有價？混龍蛇，難分真與假。一俟秋闈經試罷，觀燈鬧酒度韶華，願不負十年窗下。

(唐滌生《紫釵記》)

夜風爽，翹首望，天邊一鉤月如燈光，個個皆笑我是傻漢瘋漢，休笑，這街邊窄巷，我當佢富宅華堂，更有茫茫海天闊，洗得心胸分外清朗。有人說我癡呆，鬼厭神憎，被強送治療，唉，真真冤枉，有人憐我一代才人，滿腹綺詞麗句，少一副媚骨，多一份疏狂。我今日浪跡香江，敝履蓬頭，誰識南海十三郎，我當年模樣。

（唐滌生《南海十三郎》）

（六）鹹水歌

鹹水歌主要分佈在廣東、廣西、港澳、海南各地沿江、沿海一帶，是水上疍民傳唱的民歌，是疍家人群的文化標記。廣東鹹水歌以珠江三角洲分佈最多，但隨着水上居民上岸定居、生活方式改變已日漸式微。目前廣東鹹水歌以中山坦洲最具代表性，2006年被列入第一批國家級非物質文化遺產名錄。

鹹水歌用粵語即興創作，沒有固定的歌譜，以第一、二樂句為基本旋律，除了歌頭、中間的停頓和歌尾基本固定外，中間旋律構成多數是“因字落腔”，根據語言聲調的高低靈活安排。有鹹水歌、高堂歌、大繒歌、姑妹歌、歎歌（歎家姐）、嘆仔歌、放鴨歌和擔傘調等類別，可以獨唱或對唱，內容包括疍家人生產生活中各個方面：生產活動、生活瑣事、男女愛情、家庭親情、節慶婚喪、人生哀歎、社會見聞，等等。

　　以前疍家處於社會底層倍受歧視，無法上岸接受教育，因此他們文化程度普遍較低。疍家所唱的鹹水歌旋律簡單，由生活場景即物起興、隨口拈來，多以方言俗語入歌，加插較多襯字拉腔，體現趣味性、口語性、通俗性的特點，展現疍民樂觀、直率的性格特徵。例如：著名音樂家冼星海創作的鹹水歌《頂硬上》：

　　頂硬上，頂硬上，鬼叫你窮？！哎呵喲呵，哎呵喲呵！鐵打心肝銅打肺，立實心腸去捱世。捱得好，發達早，老來歎番好！血呵汗呵，窮呵餓呵！哎呵喲呵，哎呵喲呵！頂硬上，鬼叫你窮？！轉彎抹角，哎呵喲呵，哎呵喲呵！頂硬上，鬼叫你窮？！哎呵喲呵 ，哎呵喲呵！[8]

　　又如中山坦洲情歌（對歌）：

　　哥與阿妹隔條河，哥放鴨仔妹放鵝。
　　哥的鴨仔叫情妹，妹的鵝仔叫情哥。
　　哥愛妹來妹愛哥，互敬互愛情誼多。
　　今日共哥偕連理，白頭到老樂呵呵。

8　冼星海出生於疍民家庭，自幼喪父，常年跟隨其母黃蘇英出海打魚。冼星海成名後，專門創作了《頂硬上》來紀念母親當年在碼頭當搬運工時的情況。引自陳希、陶一權〈廣州鹹水歌藝術形態及保護初探〉，《文化遺產》2014 年 5 期。

有水開船不用推，有心愛哥不用媒。

百年相伴捱世界，風吹雨打心不悔。

（七）粵語流行歌曲

粵語流行曲，盛行於香港上世紀七十年代，是用粵語演唱的流行歌曲。粵語流行曲不僅受粵曲、粵劇、廣東音樂及其他形式的中國音樂影響，而且還受到大量世界其他風格音樂的影響，如爵士、搖滾、節奏布魯斯、電子音樂、西方流行音樂等等。1974 年，因電視劇主題曲《啼笑因緣》和許冠傑的唱片《鬼馬雙星》大受香港市民歡迎，被視為香港粵語流行音樂發展的一個分水嶺，此後粵語流行歌曲進入黃金發展時期。

上世紀七十年代以前的粵語流行歌曲，習慣採用粵曲的行文風格以文言填詞，詞采綺靡華麗。七十年代後在鄭國江、黃霑、盧國沾等詞人的努力下，粵語流行歌詞發生了質變，力求擺脫粵曲味，不再文言化，追求現代化、口語化。在題材方面，也不局限於男女愛情而變得百花齊放，如家庭親情、人生哲理、武俠傳奇以及宣傳運動等。不過粵語流行歌詞並非真正完全的口語化，其實是書面語、文言、方言俗語兼而有之的語言風格，當然也視內容和唱式而定，如果是針砭時事以及 Rap（説唱夾雜）就比較多用方言口語。[9]

9　參見梅倩《粵語流行歌詞研究》，天津大學語言學及應用語言學碩士論文，2005年。

　　文白夾雜是多數粵語流行曲的風格。從譚詠麟到現在的陳奕迅，基本如此，比較著名的填詞作者有黃霑、林夕等，如《上海灘》（黃霑　作詞，葉麗儀　唱）：

　　浪奔　浪流，萬里滔滔江水永不休／淘盡了　世間事，混作滔滔一片潮流。

　　是喜　是愁　浪裏分不清歡笑悲憂／成功　失敗，浪裏看不出有未有。

　　愛你恨你，問君知否？似大江一發不收。

　　轉千彎　轉千灘，亦未平復此中爭鬥。

　　又有喜　又有愁，就算分不出歡笑悲憂。

　　仍願翻　百千浪，在我心中起伏夠。

　　再如許冠傑的《沉默是金》在書面表達中摻雜了一些口語成分：

　　夜風凜凜　獨回望舊事前塵／是以往的我　充滿怒憤／誣告與指責積壓着滿肚氣不忿／對謠言反應甚為着緊。（"滿肚氣不忿""着緊"等較口語化）

　　受了教訓　得了書經的指引／現已看得透　不再自困／但覺有分數　不再像以往那般笨／抹淚痕　輕快笑着行。（"有分數"等較口語化）

當然，粵語流行曲也有走平民路線的，用詞非常直白易懂。這方面的代表是許冠傑的《半斤八兩》和《打雀英雄傳》，歌詞都極其俚俗化。以下是《半斤八兩》的部分歌詞：

我哋呢班打工仔

通街走糴直頭係壞腸胃

搵咽些少到月底點夠使（丟過鬼）

確係認真濕滯

最弊波士嘟哋發威（癲過雞）

一味喺處係唔係就亂嚟吠（汪汪汪）

唉親加薪塊面嗱起惡睇（扭嚇計）

你就認真開胃

半斤八兩 做到只積嘅嘅樣

半斤八兩 濕水炮仗點會響

半斤八兩 夠薑呀揸槍走去搶出咗

半斤力 想話摞番足八兩

家陣惡搵食

邊有半斤八兩咁理想（吹漲）

我哋呢班打工仔

一生一世為錢幣做奴隸

咽種辛苦折墮講出嚇鬼（死俾你睇）……

（八）粵語童謠

童謠是一個人一生中最早接觸到的文學樣式，它生長於民間文學的土壤，口耳相授，代代相傳。童謠可以誦讀也可以傳唱，節奏感強，琅琅上口，具有鮮明的地方文化特色和語言特色。

童謠面對的主要是嬰幼兒和兒童，這就要求童謠內容淺顯通俗易懂、句式短小方便記憶、表達形象生動契合兒童心理，修辭手法多用誇張、擬人、排比、頂針等，這些與成年人的韻語歌謠有很大不同。例如廣州童謠《落雨大》和《月光光》：

> 落雨大，水浸街，阿哥擔柴上街賣，阿嫂出街着花鞋。花鞋花襪花腰帶，珍珠蝴蝶兩邊排。

> 月光光，照地塘，年卅晚，摘檳榔，檳榔香，摘子薑，子薑辣，買蒲達（苦瓜），蒲達苦，買豬肚，豬肚肥，買牛皮，牛皮薄，買菱角……

粵語童謠也存在一定的地域差異，需要我們從語言特點上去加以分辨。例如下面這首《搖啊搖》：

> 細民仔，毋焦遽，買隻船仔共你搖；搖呀搖，搖去外婆橋。搖去乃（哪裏）？搖廣州街。有乜賣？有紅線仔賣。可來

做乜使（用）？可來繡花鞋。繡好花鞋出街賣，買條良（鯪）魚仔，揸（拿）上屋蓋曬。禾雀擔減呢（叼走一些），禾蠅（蒼蠅）擔返來。

這首是典型的四邑地區台山話童謠，像"細民仔（"民"讀高平調，指小孩）、焦遼（同音字，指調皮）、乃（哪裏）、屋蓋（瓦面屋頂）、擔減（叼走）、呢（音讀"乃"高平調，指一些）"這些都是當地的特色方言詞。又如：

亞飛飛，拈蠄蝻（蜻蜓），拈到大溝墟，買斤豬肉仔，喫（吃）得嘴肥肥。

"蠄蝻"（蜻蜓）的説法見於粵西陽江一帶，動詞"喫"（吃）也是粵西通用，因此這首童謠應該是流傳於這一帶的。

（九）粵語口語表演藝術

除了上述這些傳統的以唱為主或誦唱兼顧的粵語表演或民間藝術外，還有一些純粹的方言口語表演門類，也是以方言作為載體，對於語言的豐富和表達起到很大的普及、推動作用。主要有吟誦、講古、方言相聲、棟篤笑等，這些方言口語表演有些並沒有完整的文字底本，或者在官話文本基礎上用方言加以改造，因此只做簡單介紹。

　　粵語吟誦主要源自明清以來的廣東各地方書院和地方詩社，通過舊式學堂塾師授課將這些古詩文吟誦經口耳代代相傳，形成了初步的民間吟誦定式及流派。吟誦是運用稍具樂感的語言對文字進行感性表述的一種口頭表達方法，它不同於朗誦，要求結合簡單的音樂元素如節奏感、音階、倚音等，來配合語言的平仄高低及押韻。詩詞文賦吟誦古已有之，源自中原，但是由於各地方言語音的演變和差異顯著，逐漸形成不同的地方版吟誦。粵語較完整地保留了中州古音，它的聲調系統和韻母結構基本契合中古語音，因此粵語吟誦最能體現唐宋古風，是中華傳統文化的重要組成部分。

　　"講古"即說書、講故事，粵語講古是藝人用粵方言對小說或民間故事進行再創作和講演的一種民間語言藝術表演。講古藝人大量運用本地的方言成語、諺語、讖語、俗語和大眾化的生活語言，對書目進行加工潤飾和再創作，使之成為粵方言語言藝術的集大成者。講古的內容不僅包括傳統的長篇章回小說，還包括現代生活題材和民間掌故，承載着許多歷史文化資訊，有着深厚的文化學、人類學、民俗學價值。廣州話講古代表人物早期有張悅楷、林兆明等，當今最著名的有顏志圖和其90後徒弟彭嘉志等。

　　粵語相聲即用粵方言來創作的相聲藝術。相聲藝術源自北方官話，但由於普通話和粵語無論在發音、語調還是詞語運用上都有較大差異，因此北方相聲到了南方就顯得水土不服，必須依據廣東方言特色和生活實際，創作出符合廣東人口味的相聲作品。黃俊英是相聲方言化的拓荒者之一，他幼時曾師從著名粵劇表演藝術家羅品超，積累了深厚的曲藝功底；在相聲表演上，說、學、逗、唱皆能，"捧""逗"兼佳，能編能演，成為廣東粵方言區家喻戶曉的"笑星"，也深受海外華僑的喜愛。

"棟篤笑"源自英文的"stand-up comedy"，是香港演員黃子華於上世紀九十年代從西方引進入華人社會的新表演藝術，即粵語脫口秀。"棟篤笑"發祥於香港，近年來在廣州也越來越受到年輕人的認可和喜愛。黃子華是香港"棟篤笑"的始祖，他才華出眾，表演風格嬉笑怒罵自成一家，並帶領張達明進入"棟篤舞台"。上海周立波所表演的"海派清口"，早年稱"獨角戲"，其實可視為滬版"棟篤笑"。

二、粵語書面語文學作品

（一）廣東粵語文學的興起與轉型

方言融於寫作肇始於清末民初，早期的方言文學以北京話、吳語和粵語為主，當時主要採用文言、白話（即近代白話文）、方言夾雜的文體。其中，京話文學最多，元雜劇和明清小說、話本基本以白話寫作，傳播也最廣；吳語文學則以清末以來描寫上海一帶世俗風情的小說為主，如《海上花列傳》《九尾龜》等；粵語文學早期以木魚、龍舟、粵謳等說唱文學為主，最早的小說是清末廣東籍作家邵彬儒的通俗短篇小說集《俗語傾談》，另梁啟超在其 1902-1905 年創作的小說戲曲中也做過類似嘗試。例如邵彬儒《俗語傾談・橫紋柴》：

> 其新婦（媳婦）姓鄭，名珊瑚，生得十分美貌，極有禮義，柔聲下氣，奉事家婆。每朝晨早（早晨），定必到家婆處問安，捧茶獻餅，少不免修飾顏容，威儀致敬。誰不知橫紋柴一向性情挑撻，見珊瑚美麗，自覺懷慚，遂大聲罵曰："做新婦敬家婆，是平常事，你估（以為）好時興（時髦）麼？何用支支整整（裝扮得整整齊齊）、聲聲色色，辦得個樣嬌嬈，想來我處賣俏嗎？我當初做新婦時，重（還）好色水（顏色）過你十倍，暗估今日老得個樣醜態，減去三分。"[10]

民國初年，五四"新文化運動"提出了"提倡白話文，反對文言文；提倡新文學，反對舊文學"的口號，主張建立新興

10　摘自華玉堂中華書局楊楠校點版《俗語傾談》，收錄於侯忠義、李勤學主編《中國古代珍稀小說續》第二冊，瀋陽・春風文藝出版社，1997 年。

的"國語文學"[11]。胡適還説:"將來國語文學興起之後,盡可以有'方言的文學'……國語的文學造成以後,有了標準,不但不怕方言的文學與他爭長,並且還要依靠各地方言供給他的新材料,新血脈。"[12] 方言雖然不是國語,但方言更能滿足那些只懂語言不識文字的普通百姓需求,是"言文一致"目標的踐行。

廣東較早發起粵語文學運動的是左翼作家歐陽山,1932年9月,他以羅西的筆名發表了〈關於《廣州文藝》的通訊〉,提出"不論結果如何,廣州文學界的確應該設法子來推動,來做一種使它加速進步的運動。"[13] 他除了編發大量粵語文學作品外,還撰寫了〈粵語文學底根據和目的〉一文,指出宣導粵語文學的目的,是"企圖使新文藝在最可能的最短期間內和人們大眾,尤其是工農大眾結合起來,必須有着使他們了解和愛好的充分的作品","我們所要做的事情就在於怎麽把大眾口頭所説的話經過適當的記錄而發揮它們底最精彩、最美妙的特長。在文學方面,我們要求建立中國的多元性的方言土語文學","運用現有的白話文來從事創作是必要的,運用各地原有的土語方言來從事創作更是必要的"[14]。當時廣州"左翼"作家

---

11 當時主張的國語即今現代漢語普通話的前身。

12 胡適〈答黃覺僧君《折衷的文學革命論》〉,《新青年》第5卷第3號,1918年9月15日。

13 歐陽山〈關於《廣州文藝》的通訊〉,《黃花》第319期,1932年。

14 轉引自李琳琳〈歐陽山小説研究〉,廣東技術師範學院中國現當代文學碩士論文,2013年。

聯盟的歐陽山、草明、龔明、易鞏、杜埃、邵荃麟、馮乃超、鄭江萍以及香港作家許地山、劉火子、郁風、劉思慕等多人紛紛回應，嘗試用粵語或大眾化語言來進行文學創作，歐陽山的《單眼虎》就是在那時期創作的，還有女作家草明的粵語小說、符公望的粵語詩歌等等。不過那些純方言寫作的作品文學性較為遜色，在文學史上的影響亦有限。如：

　　唔記得邊年冬天，有一晚回南，霞霧大到的電燈都黃晒。索野大王陳正賓同埋佢個知心友王瑞柏食完飯冇事，出嚟行街，想話好彩踢翻枝野。行到西瓜園，見前便有個女仔，約莫二十一二年紀，雖然衣服寒素，之圓碌碌嘅眼，襯住個尖尖地，周時帶住的笑容嘅口，鼻哥又生得四正，都幾睇得下。

　　　　　　　　　　　（《單眼虎・第一回〈單眼虎出世〉》[15]

　　再如：

　　呢個（這個）世界，你話古怪唔（不）古怪？

　　古怪，古怪，真正古怪，

　　美國煙仔（香煙），罐頭隨街賣，

　　重（還）有透明牙刷，底衫，褲頭帶，

　　襟使（耐用），抵買（便宜值得買），夾（兼）時派（時髦）。

15　胡依依《單眼虎》，《每月小說》6 月號，1933 年。（新會胡依依是歐陽山早期的筆名）

買呀，買呀，大家都嚟（來）買！

女仔着晒（全都穿）玻璃褲，男仔攬起（繫着）透明褲頭帶。

牙刷平（便宜）過梁新記，摩利士抵食（便宜值得吃）過農夫牌；

罐頭，麵包，慳（節省）過煮飯，

買柴糴米，含巴爛（全部，通通）都慳埋（節省掉）。

弊晒（糟透了），弊晒，將來總弊晒！

土產穀米冇（沒有）人種，種左（了）都冇人買，

農村破產，工廠執埋（倒閉），

重欠落一身，美國債！

真壞，真壞，美國真正壞！

你重派飛機，出軍械，幫手打內戰，

將的（一些）好人殺晒（光，全部），同的貪官污吏，靜靜撈埋（一起撈）！

點解（為甚麼），點解，你話點解？

問聲政府，要我地死晒，定（還是）要中華民國，換過一塊 U·S·A 嘅（的）招牌？

挑！（鳥！氣憤的粗話）

—— 符公望粵語詩《古怪歌》[16]

---

16 香港《華商報》新第 230 號，1946 年 8 月 26 日第三頁。

　　嶺南文學要面向全國，類似的純粹"粵語文學"在閱讀理解上終究是個障礙，而且文句亦頗粗糙缺乏修飾，因此發展到40年代以後廣東的新文學基本採用現代漢語國語白話文來描繪嶺南社會生活和人物形象，只是在行文之間精心穿插一些方言成分用以刻畫嶺南的風土人情，像黃谷柳《蝦球傳》、歐陽山《三家巷》、陳殘雲《香飄四季》等，這些地方性的文學體驗卻帶給讀者獨特的審美感受，產生較大影響，成為嶺南地方文學的優秀典範。例如：

　　王狗仔説他還有事，蝦球先回到了艇上。艇上只有亞娣一人看守，艇家佬艇家婆都上岸去了。蝦球問："我們今晚出海釣魚是不是？"亞娣道："你釣過嗎？"蝦球道："我釣過的，我是用蚯蚓、雞腸來釣，我們今晚用甚麼來釣？"

（黃谷柳《蝦球傳》）

　　到這時候，人們不再發甚麼議論了，他們只是拿陳楊氏那"釘子"跟周楊氏那"傻子"那兩姊妹做比較，感慨不已地説："當年要論人才，誰能不挑二姐？可是，人都是人，一個就上了天，一個就下了地。這真是同人不同命，同傘不同柄！"

（歐陽山《三家巷》）

　　新時期改革開放以來，廣東地區寫作進入新的發展時期：港澳地區方言寫作的傳統迅速波及南粵，"白話"[17]寫作成為時尚，深受市民階層歡迎，純文學作家也重新嘗試揉入方言進行創作，如以"小女人散文"名噪一時的都市散文創作，以及楊乾華、張欣、張梅、黃詠梅等人的小說，他們作品中所摻入的方言成分，呈現出濃郁的嶺南文化氣息和地方文學風情。這種在現代漢語普通話夾帶方言的寫作文體無疑更容易被全國各地的讀者所接受，有利於文學作品的廣泛傳播，比早年的純方言寫作更具生命力。例如：

　　演員終究離不開舞台，尤其馮寶姑和嘯崑崙還相當年輕，不肯能真正去過返璞歸真、默默無聞的日子，一年之後復出，自然不能回粵劇一團，二團早就羨慕人才濟濟的一團，這回"冷手執了個熱煎堆"，無端端天上掉下一對璧人。

　　　　　　　　　　　　　　　　　　　（張欣《今生有約》）

（二）香港粵語文學的發展與轉型

　　清末民初，省港兩地書面語體應該是差不多的，即類似木魚、龍舟、粵謳、粵劇的"三及第"文體 —— 文言、官

17　這裏"白話"指廣府話，即粵方言，並非五四時期所指的與文言相對的現代漢語。

話、方言三合一。但這種文體也開始出現雅俗之分："……唱書，……分開兩條道路發展，一種是仍然跟着口語發展，句子的字數不一定，簡單地用一面小鑼和一面小鼓敲打着唱的——今天平民化的'龍舟'；另外是脫離了口語，變成文縐縐的，在形式上逐漸接近'七言古風'……在丁板上限得相當死板，情調變得悠閒和萎靡的另一種唱書——今天士大夫化的'南音'。"[18]

五四以後，大陸文學歷經新文學白話文運動，延安文藝座談會形成的文藝為人民大眾服務的解放區文藝方針和思潮，以及 1949 年新中國成立後，由國家層面宣導推廣普通話，最終確立了現代漢語普通話作為書面語的權威地位。而香港由於保守勢力集中強大，港英政府相對獨立的殖民統治，尤其是新中國成立後採取閉關隔離的政策，所受影響稍弱，因此得以保存較多半文半白舊"三及第"文風，使得兩邊書面語言距離越來越明顯。鄒嘉彥先生曾指出："值得注意的是，香港官方書面語言從文言文轉移到現代漢語語體文的進程，自 1919 年的五四運動以來比其他地區來得晚。一直到 60 年代還可以看到'沿步路過''如要落車，乃可在此'的通告。"[19]

18　符公望〈龍舟和南音〉，轉自黃仲鳴〈香港三及第文體的流變及其語言學研究〉，暨南大學博士論文，2001 年。

19　鄒嘉彥〈'三言''兩語'說香港〉，《明報月刊》1997 年第 11 月號。

　　上世紀七十年代以後，香港舊的三及第文體已呈弱勢，主要原因是早年的文學大將逐漸凋零，後一代香港年輕人文言基礎薄弱但又樂於接受西方文化，因此由白話文、粵方言和外語糅合成的新三及第成為年輕人最愛閱讀和書寫的文體，也稱為"港式中文"。白話文即現代漢語；粵方言是"港式粵語"，已經與母體的廣府話有所不同，摻和了更多香港特有的口語化表達方式；外語並非譯成中文的外來詞，而是直接使用的英文單詞或句子，甚至還包括一些因動漫風靡而傳播開來的日文詞。[20] 例如：

　　我必須強調一樣嘢（事情），喺（在）自己 office 裏面，有一個惹火嘅（的）秘書，會造成自己呼吸困難，尤其係（是）當佢（她）攞（拿）個快勞（file 音譯，指資料夾）行埋（走近）你身邊，用佢豐滿嘅身型依偎住你，等你簽名嗰陣（那陣），我開始因為佢身上嘅香水而呼吸困難，我唔（不）只一次簽錯自己個名（的名字）！

　　　　　　　　　　（阿寬《丰采》，《小男人周記》第四集）

　　近期人氣日劇《上帝，請給我多一點時間》，就是講女主

20　參見黃仲鳴〈香港三及第文體的流變及其語言學研究〉，暨南大學博士論文，2001 年。

角深田恭子，為了要賺取五百日圓去買金城的演唱會黃牛飛（黃牛票，"飛"即 fare 的音譯）而進行援助交際出賣肉體。（《東方日報》1998 年 8 月 17 日）──"人氣、援助交際"都是直接借用日語詞。

第四章

粵語詞彙的古代來源

　　粵語是大約成形於唐宋時期的漢語方言。嶺南一帶
上古屬壯侗語族活動區域，後歸南楚，秦以後併入中原版
圖，因此其方言形成經歷了長時間的語言接觸與族群融
合，也受到歷代官話的輻射影響，呈現出多元複雜的面
貌。而粵語詞彙更是具體生動地反映出嶺南社會文化的個
性，在全國七大方言中呈現出鮮明的南粵特色。我們從粵
語詞彙中的漢語成分和古百越語成分兩個方面來介紹其古
代來源。

第一節　粵語詞彙中的古漢語詞

粵方言古意濃郁是不少人的共識，語音上粵語代表廣州話較完整地保留唐宋中古語音系統，平仄用韻契合唐宋詩詞；詞彙上保留諸多文縐縐、半文半白的古漢語詞或語素，如"亦（也）、之（的）、飲（喝）、食（吃）、斟（倒）、即刻（馬上）、未（沒有）、卒之（終於）、若果（如果）、於是乎（於是）"等在日常口語中經常出現。這種文白夾雜的用語令粵方言無論口語還是書面語，都顯得比普通話更為古色古香，其風格與元明清的白話文相近。

一、粵語詞彙使用古語詞語的幾種類型

（一）保留較多古漢語單音節詞

古漢語與現代漢語詞彙最大的差異在於：古漢語以單音節

詞為主，而現代漢語以雙音節詞為主。因此，粵方言詞語保留古漢語特點首先表現為較多使用單音節詞，相應地在普通話中這些詞語已經雙音節化了。例如：

石（石頭）、骨（骨頭）、枱（桌子）、頸（脖子）、女（女兒）、畫（畫兒）、鴨（鴨子）、窿（窟窿）、蟻（螞蟻）、蕉（香蕉）、息（利息）、力（力氣）、色（顏色）、袋（口袋）、衫（衣服／上衣）、知（知道）、易（容易）、慣（習慣）、蠻（蠻橫），等等。

（二）形音義均與古漢語一致

粵語中存在不少形音義都直接源自古漢語詞，且至今仍經常使用，並未衍生出與普通話類似的説法。例如：

睇〔thei^{35}〕：看。《説文》：目小視也。從目弟聲。南楚謂眄曰睇。本義為"斜眼看"，後魏晉時首次出現了"看、望"的用法。今普通話用"看"。

晏〔an^{33}〕：遲。上古就有類似用法，如《論語・子路》：冉子退潮，子曰："何晏也？"（皇疏：晏，晚也。）；《楚辭・離騷》：及年歲之未晏兮。《廣韻》：烏旰切，晚也。今普通話用"晚、遲"。

潡〔mei⁵⁵〕：小水滴，如“雨潡、口水潡”。《説文》：小雨也。從水，微省聲。《集韻》：無非切。今普通話不用。

類似的還有：食（吃）、行（走）、走（跑）、飲（喝）、執（拿、撿）、髀（腿）、面（臉）、餐（頓）、係（是），等等。

（三）保留古語詞，但形音義或有轉變，尤以字形不同者最為明顯

粵語有不少承自古漢語的詞語，但是今天的形音義與古代不完全相同，其中不再沿襲古代字形的現象最為凸顯，學者往往以考本字來追蹤其源。例如：

企（徛）〔khei¹³〕：站立，粵方言俗寫為“企”，其本字當為“徛”。“徛”，《説文》：舉脛有渡也。《廣韻》：渠綺切，立也。按其注音，應合粵方言的陽上調 13。“企”廣州話讀陰上調 35，與陽上調 13 近而不合；而且詞義亦略有不同。《説文》：企，舉踵也。即踮起腳跟。《老子》：企者不立，跨者不行。可見“企”與“立”義有不同。因此從音義結合來看，粵方言中表“站立”的本字當寫作陽上“徛”更為貼切。

嚟（來）〔lei²¹〕：過來。粵方言中“來”讀作〔lɔi²¹〕，同義不同音的〔lei²¹〕則寫作自造俗字“嚟”。據陳伯煇（1998）考證，

"嚟"本字即"來"，讀〔lei²¹〕是白讀，保留了中古咍韻字（來〔lɔi²¹〕）源於上古"之"部的痕跡。這是由於語音變化而導致字形訛變的例子。

篤/督（豚、涿）〔tuk⁵⁵〕：粵方言中用來表示底部，如"桶篤（督）、碗篤（督）、行到篤（督）"，其本字應為"豚"。《廣韻》：豚，丁木切，尾下竅也。本義"臀部"，用來指底部。另有一字相似，即"涿"，量詞，粵方言中也寫作同音的"篤"，如"一篤屎"。《説文》：涿，流下滴也，從水豕聲。段注：今俗謂一滴曰一涿，音如篤。"豚、涿"二字皆以"豕"為聲符，語音相同，惟因本字字形較為生僻，故被方言區人用同音字"篤"來替代，後人反不知其本了。

粵語還有不少方言字至今尚未考出其本字，或不同學者對本字認定有所不同。由於方言本字不少字形生僻，因此實際書寫中使用約定俗成的同音字或俗字亦未嘗不可。例如：瞓覺（困覺）、佢（渠）、而家（而今）、冇（無）、一蚊（一文）、餸（送）[1]，等等。

（四）既保留古語詞，但同時也有普通話的説法

粵語有些古語詞，在共同語的影響下已經產生新的與共同語相近的説法，與原本方言中的古語詞並行不悖，或各司其職。例如：

月光：指月亮，現在粵方言區年輕人也用普通話的"月亮"來替代"月光"。

卒之：指終於，現在粵方言口語中常用普通話的"終於"，年輕人已少用"卒之"。

至：表程度最高，粵方言口語中也用與普通話一致的"最"來表示，"至、最"都較常用。

即刻：指立刻，口語中也用普通話的"馬上"，與"即刻"通用。

此外，香港粵語比廣州粵語保留更多的文言成分，其書面語風格更接近近代白話文體。例如：坊間、公帑、斥資、弭除、同儕、極、唯有，這些詞在廣州粵語中已經改用或兼用"民間、公款、投資、消除、同輩、非常、只有"等與普通話相同的説法了。

（五）粵語中保留古漢語語素

粵語除了完整保留古漢語詞外，還有不少古漢語詞僅僅作為構詞語素保留在方言詞語中，但是它們已經不再獨立使用。例如：

腜：《説文》"腜，背肉也。"《廣韻》"腜，背肉也，又莫杯切。"今粵語不單用，僅見於"腜肉、腜柳"等詞。

健：《爾雅・郭注》"今江東呼雞少者曰健。"《集韻》"陵延切，音連。"今粵語見於"雞健"。

簋：上古食器名稱，《説文》"簋，黍稷方器也。"徐注"居洧切。"今粵語僅見於"九大簋"的説法，是珠三角一帶對宴席九大菜的總稱，不單用。

腯：《説文》"牛羊曰肥，豕曰腯。"徐注"他骨切。"《集韻》"陀沒切，肥也。"上古專指豬肥，後語義泛化。今粵語不單説，僅用於"肥腯腯"。

二、粵語保留古語詞的原因

粵方言書面語和口語都保留不少古語詞的現象，與粵語語音保留中古音系格局是平行的。粵語之所以能夠保留較多的古漢語詞彙，既與方言形成和發展歷史有關，也與方言地理人文因素有關。

關於粵語的形成，有兩大不同看法：一是認為粵語形成於以廣州為中心的廣府一帶，另一是認為粵語起源於西江流域，即今天的兩廣交界一帶。

前者以傳統的粵語研究者為代表，認為嶺南一帶古為百越之地，底層語為非漢語的壯侗語。戰國屬楚，與楚國有頻繁的往來交通，語言為楚方言的分支。秦滅楚，嶺南始入中原版圖，漢、越長期雜居，北方徙民不斷南下，使得原先嶺南的民族語、楚方言受到歷代中原官話的持續影響。這種影響延續了一千多年直至唐代，終於使得原先的底層語慢慢蛻變成為一支獨立的漢語方言，即粵方言。從今天粵方言的音系格局和詞彙特點仍可窺見不少中古唐宋時期的漢語特點。

後者則以近些年的歷史和民族語研究者為多，認為粵語發源於今兩廣交界處，並沿西江向珠三角一帶擴散。理由是漢武帝平定趙佗割據的南越國後，全國設十三刺史部，嶺南地區屬交趾刺史部，治所就在廣信，統轄嶺南各郡。廣信（今梧州封開等地）處嶺南東、西部心腹之地，當邕、賀、桂三江交匯處，為東粵襟喉，扼水陸交通要衝。東可至郁南、德慶、高要等西江流域，並東連南海郡；西溯潯江、灕江；北連靈渠可以通湘江、長江；南經新興江接通漠河而連高、雷瀕海地區，優越的地理條件使其成為早期嶺南的政治、經濟和文化中心，廣信的文化教育亦得到迅速發展，並對兩廣地區形成輻射。及至隋唐兩朝，西江流域（封州、端州、康州、瀧州）和粵北一帶（韶州）人口密度仍大於中部和東部（廣州、潮州）。但是，東漢末年東吳遷交州治所到番禺，增築城郭；特別是唐朝張九齡奉命開通大庾嶺山道後，五嶺南北交通逐漸轉移至大庾嶺道，廣東經濟重心也東移至珠江三角洲和沿海地區。宋以後，肇慶已取代廣信成為西江流域的政治中心，僅次於廣州。

我們認為，廣東上古時期是各部落族群（史書記載的有僮、俚、僚、蜑等）散居，並無一個統一的民族，在長期的民族混居過程中，由於不斷受到中原漢族文化的強勢影響，最終逐步被漢化兼併或播遷他方。應該說，粵語的形成一方面歷經了漫長的漢化歷史，在古百越底層語基礎上經歷代共同語逐層疊加而最終形成漢語方言，百越族的語言和文化僅作為底層保留了下來；另一方面粵語的形成可能有不同的發源中心區域（如趙佗南越國所在的南海、兩漢時期的首府廣信，以及魏晉後東移的政治中心番禺[2]等），並在長期的地緣接觸下產生語言

2　南海郡治所即番禺。

的不斷接觸和趨同，最終形成一種獨立的方言。

　　粵語成形於唐宋之際，其語音最接近中古《廣韻》體系[3]。清朝陳澧《廣州音說》曰："千餘年來，中原之人徙居廣中，今之廣音實隋唐時中原之音，故以隋唐韻書切語核之而密合如此也。""廣州方音合於隋唐韻書切語，為他方所不及者，約有數端。余廣州人也，請略言之。平上去入四聲各有一清一濁，他方之音多不能分上去入之清濁。而廣音四聲皆分清濁，截然不淆，其善一也。……'庚耕清青'諸韻合口呼之字，他方多誤讀為'東冬'韻。如'觥'讀若'公'，'瓊'讀若'窮'，'榮縈煢'並讀若'容'，'兄'讀若'凶'，'轟'讀若'烘'，廣音則皆'庚青'韻，其善四也。"

　　但是唐宋之後廣州話並未像今天的官話一樣進入發展快車道，而是依然保留不少古風古意，這與嶺南偏安一隅、沒有經歷中原地區頻繁的戰爭動盪、外族侵入的歷史有關。嶺南在地理上以五嶺天然屏障與嶺北相隔為界，相對獨立封閉，不易受兵燹紛擾，因戰爭或外族入主中國而引發的語言接觸、劇烈變化不像北方那樣顯著；在人文心理上嶺南離政治中心距離遙遠，文化上比北方更固守傳統，語言演變的速度亦相對緩慢。因此，粵語保留較多中古語言特點就不足為怪了。

3　我們認為最契合中古音系的主要是廣府粵方言。

三、粵語古語詞的變異

粵語雖說保留較多古語詞，但是有些已與歷史上的源詞產生了一定的偏離，或是語音發生變異，或是語義有所不同，更有一些因此而改變了字形，需要通過考證詞源才能證明其原本身份。

（一）語音發生變異的粵語古語詞

粵語詞雖源自古漢語，但語音稍有變異。例如：

畀：給予。你畀我嗰本書（你給我那本書）！

"畀"最早見於《書·洪範》：帝乃震怒，不畀九疇。（《傳》：畀，與也。）《廣韻》、《集韻》均為必至切，古音當為去聲。今粵方言讀陰上 35，與古音去聲不合，有人取上聲的"俾"字，但《廣韻》：俾，並弭切，使也。語義與今粵語不合。

睇：看。件衫我睇一下（這件衣服我看一下）。

"睇"，《說文》：從目，弟聲。《廣韻》特計切又土雞切，讀平聲又去聲。《集韻》同。今粵方言讀陰上 35，與《說文》濁上略近，與《廣韻》、《集韻》平、去聲則不合。

禁：禁得住，耐。呢對鞋好禁着（那雙鞋很禁穿）。

"禁"有兩個反切，詞義不同："居吟切"平聲，表"力所加也，勝也。""居蔭切"去聲，表"制也，謹也，止也。"粵語中與前一個平聲意義相合的今讀〔khem⁵⁵〕，聲母為送氣的 kh，與古音見母讀不送氣的 k 不同，因此有些人寫作"襟"。

健：半大的雞。粵語説"雞健"，又用"健仔"指不成熟的小青年。

《爾雅・釋畜》"未成雞，健。"郭璞注："今江東呼雞少者曰健。"《廣韻》力展切又郎甸切，本應收 -n 尾，現在粵語卻讀作〔leŋ⁵⁵〕，收 -ŋ 尾。

由於語音變異，不少粵語詞已經難以與其古語詞源聯繫起來，於是後人索性根據今天方言讀音為它們創造出新的俗字，於是字形也與古語漸行漸遠了。例如：

惜：今粵語俗寫作"錫"，疼愛。阿嫲好錫佢（奶奶很疼他）。

《説文》"惜，愛也。從心，昔聲。"《廣韻》思積切。"惜"屬梗攝開口三四等韻，該音韻地位的字有文白讀，白讀 ɛk，文讀 ek，今表痛愛之意實為"惜"之白讀，後人只知其文讀音（如"愛惜、可惜"讀 ek），白讀音另取同音字"錫"。從字形看離其本源愈加遙遠。

類似的用例前文第一節中關於本字部分亦有述及，不再重複。

(二) 語義稍有變化的粵語古語詞

部分粵語古語詞，語義與古詞源稍有差異。例如：

糝〔sɐm³⁵〕：撒落。湯煲好糝啲胡椒粉落去（湯煮好撒點胡椒粉下去）。

《說文》：糝，以米和羹也。一曰粒也。原指穀類碎粒，後引申出動詞用法。《廣韻》桑感切。今粵方言只用作動詞"撒"，不作碎米講。

猋〔piu⁵³〕：疾走，奔跑。你猋得咁快做乜（你幹嘛跑得這麼快）？

《說文》：猋，犬走貌，從三犬。原指狗奔跑的樣子，後來泛指快跑，今粵方言亦主要用來指人跑得飛快。

圂〔wɐn³³〕：關住不讓出。畀人圂（給人關禁閉）。

《說文》：廁也。從口，象豕在口中也。本義為豬圈，今粵方言作動詞用，表關押、禁閉。

黐〔tshi⁵³〕：黏。黐住張紙（黏住那張紙）、黐人（黏人）。

《廣韻》：丑知切，所以黏鳥。本義指樹膠，用來黏鳥。今粵方言凡稱黏都為黐。

脄〔tyt⁵⁵〕：胖乎乎，一般用於小孩。佢生得肥脄脄嘅（他
長得胖乎乎的）。

《說文》：牛羊曰肥，豕曰脄。本義專指豬肥，後引申為一
般的肥，如《通雅》"肥盛為脄"；左思《吳都賦》"鳥獸脄膚"。
今粵方言用來指人胖，且帶有昵稱意味，無貶義。

第二節　粵語詞彙中的古百越詞

　　嶺南古為百越之地，《漢書・地理志》注引臣瓚曰："自交趾至會稽七八千里，百越雜處，各有種姓"，如史書記載的僮、俚、僚、蜑等。戰國屬楚，秦滅楚始入中原版圖，開始了漢、越長期雜處的局面。百越的文化習俗和語言特點均不同於北方華夏民族，在中國統一成為多民族國家的漫長歷史進程中，原居民語言文化受到歷代中原漢族語言文化的影響，產生競爭共進、交會融合，原本一些民族語詞彙作為底層印跡留存於今粵方言中。

　　粵語與現代壯侗語[4]之間的關係不僅僅存在於詞彙方面，它們的音系結構也有驚人相似之處。例如：(1) 聲母簡單，韻母複雜，音節帶聲調；(2) 缺少韻頭 i、u、y，但大部分有齶化聲母和脣化聲母；(3) 韻母有複雜的韻尾：元音韻尾和輔音韻尾，輔音韻尾基本都有雙脣、舌尖和舌面後部位的鼻音和塞音；(4) 元音分長短，低元音 a 分長短最常見，黎語長短元音

4　也有學者稱之為侗台語。

最全;(5) 聲調分舒入兩類,部分語言入聲調因元音長短而調值有所不同。

　　詞彙上,粵語有部分詞迥異於漢語,卻與壯侗少數民族語言有音義相通的關係,這不禁令人聯想到嶺南開發、漢越長期接觸的歷史。這些漢越語相通的詞由於接觸歷史久遠,有時很難判定它們究竟是上古時期甚至更久遠的早期漢越語同源詞,還是後期彼此借用的接觸詞。因此只能大致從以下的標準來界定粵語中的民族底層詞:即見於粵語而不見於其他漢語方言[5]、在古漢語文獻中找不到源頭,卻廣泛見於南方少數民族語言且與粵語音義相通的詞。主要有以下幾類(以下舉例儘量用粵語中常用俗字或同音字,民族語因材料不統一不標調值[6]):

5　不見於不是絕對的,而是指不見於其他大部分漢語方言,至於有些詞粵客或粵閩本就同源,因此見於客家話或閩方言也是正常的。

6　壯侗民族語料來自:
　　① 歐陽覺亞《少數民族語言與粵語》,暨南大學出版社,2011 年。
　　② 歐陽覺亞〈漢語粵方言裏的古越語成分〉,《語言文字學術論文集 —— 慶祝王力先生學術活動五十周年》,知識出版社,1989 年。
　　③《壯侗語族語言詞彙集》,中央民族學院出版社,1985 年。
　　④ 張均如等《壯語方言研究》,四川民族出版社,1999 年。
　　⑤ 歐陽覺亞、鄭貽青《黎語調查研究》,中國社會科學出版社,1983 年

（一）動詞

詞義	粵語	是否與古詞音義相合	壯侗語
蓋	冚〔khɐm³⁵〕	否（《漢語大詞典》注明係方言詞）	壯語 kam、傣語 kom、侗語 kəm、黎語 kom
漱、涮洗	哴〔lɔŋ³⁵〕	否（《廣韻》中"哴"僅用於擬聲詞）	壯語、傣語、侗語均為 la:ŋ
欺負	蝦〔ha⁵³〕	否（"蝦"為同音假借字形）	壯語 he、侗語 ha、黎語 hɛ
倒塌	冧〔lɐm³³〕	否（《漢語大詞典》注明係方言詞）	壯語 lam、泰語 lom
跨	遖〔nam³³〕	否（"遖"為日文字形）	壯、黎語 ha:m；傣語 xa:m
	躝 ⁷	義近音不合：《廣韻》落幹切，踰也。	
想	諗〔nɐm³⁵〕	否（《説文》從言念聲，深諫也；《廣韻》式荏切，音審，謀也，告也。）	壯語不少方言都讀 nam
伸舌舔	唎〔lɛm³⁵〕	否（所寫為方言俗字，音義不合）	黎語 lɛm / n̩im；壯語有方言讀 lia。
甩、脫落	甩〔lɐt⁵⁵〕	否（"甩"為同義訓讀字）	臨高話"掉（色）"讀 luat；壯語"掉（頭髮）"有的方言讀 lon，有的讀 lat / lot。
背	孭〔mɛ⁵³〕	否（方言俗字）	壯語 ma、毛難語 ʔma、仫佬語 ma

7　一格中有上下兩行者代表粵語中有不同字形學，但音義相同。

（二）體詞（名詞、代詞、量詞等）

詞義	粵語	是否與古詞音義相合	壯侗語
小母雞	項〔hɔŋ³⁵〕	否（"項"為同音假借字）	壯語 ha:ŋ、侗語 a:ŋ、傣語 xəŋ
屎	屙〔khɛ⁵⁵〕	否	壯語 kʰi、侗語 e、傣語 xi、水語 qe、黎語 ha:i
乳房、乳汁	𡚵〔nin⁵⁵〕	否	壯語：nɛn / num、傣語 num、黎語（加茂）ȵen
雌性、母（用於動物或人）	嫲〔na³⁵〕	否（方言俗字）	壯語、傣語、布依語、泰語等有 na，均表成年女性親屬稱謂如姨母、舅母等，不用來指動物。
雙生子	孖〔ma⁵³〕	否（《廣韻》子之切，《集韻》津之切，均音茲。《玉篇》雙生子也。亦作滋，蕃長也。音完全不合。）	壯語 wa、布依語 va、傣語 fa
這	呢〔ni⁵⁵〕	否（"呢"為同音字，與指示義無關）	壯語 nai、傣語 niʔ、侗語 na:i、黎語 ni
些、點	啲〔ti⁵⁵/tit⁵⁵〕	否（方言俗字）	壯語 ti/ŋit、侗語 ȵi、水語 ʔdi

一拃（張開一個手掌的長度）	摘〔nam³³〕	否（《廣韻》奴感切，搦也。音近義不合）	布依語、傣語、黎語中虎口拇指到食指之間的叉口均讀 ŋaːm，意義與粵方言稍異，後者主要作量詞用。
荸薺	馬蹄〔ma¹³thei³⁵〕	存疑（有人解釋因荸薺形似馬蹄故稱之）	壯語：ma tai/ma tʰai

（三）飾詞（形容詞、副詞等）

詞義	粵語	是否與古詞音義相合	壯侗語
癢	痕〔hen²¹〕	否（"痕"為同音字，並無癢義。）	壯語 hum、傣語 xum、侗語 thum、黎語 khom
粥稠少水	傑〔kit²²〕	否（"傑"為同音字）	壯語 kɯt、布依語 kɯk、臨高話 kɔt
糠心，虛而鬆軟	泡〔phau³³〕	否（《説文》《廣韻》《集韻》"泡"均指水名或水盛貌；《漢語大詞典》注明表"虛而鬆軟"義為方言詞。）	壯語 pjau、傣語 pau、水語 po、泰語 plau
差、次，淘氣	曳〔jɐi¹³〕	否（《説文》《廣韻》均指牽、拉義）	壯語 jai、侗語 ja
	呭	否（《説文》從口世聲，多言也；《廣韻》同）	

| 熱 | 燨〔heŋ³³〕 | 否（僅見於《集韻》：棄挺切，音罄。火乾出也。亦屬方言字） | 壯語 huɯŋ、侗語 tun、臨高話 lun |
| 剛剛 | 啱〔ŋam⁵⁵〕 | 否（方言字，文獻無） | 壯語 ŋaːm、黎語 ʔan |

（四）地名中的底層詞

　　嶺南地區還有不少極具南粵特色的地名，它們也是粵方言中壯侗語底層詞的見證，詳見第五章第一節"自然地理環境與地名文化"。

粵語詞彙與南粵民俗

　　"詞彙是語言諸要素中最敏感、最活躍的部分，也是
最緊貼社會發展的脈搏，最能夠及時反映社會各種發展變
化。特別是社會文化發展變化的'傳聲筒'。""從解碼地
域方言的詞彙入手，我們就有可能了解該方言所承載的特
色文化，從而領略該特色文化的精華所在。"[1] 以下從自然
地理環境與地名文化、避諱習俗和飲食文化三節來討論粵
語地域文化特色。

1　詹伯慧、甘于恩《廣府方言》，暨南大學出版社，2012 年，第 86 頁。

第一節　自然地理環境與地名文化

一、自然地理環境

嶺南地區大都處於亞熱帶，終年不見冰雪的氣候條件使說廣府話（粵方言）的人分不清"冰"和"雪"這兩個不同的概念。體現在粵方言的詞語中就是有關"冰"、"雪"的詞語都說成"雪"。例如：

雪糕 —— 冰淇淋

雪條 —— 冰棍

雪水 —— 冰水

雪櫃 —— 冰箱

雪屐 —— 溜冰鞋

雪藏 —— 冰鎮

雪豬肉 —— 冰凍豬肉

　　嶺南地區氣候炎熱，人體容易出汗，天天都要洗澡降溫，因而把"洗澡"叫做"沖涼"，甚至還把洗熱水澡叫做"沖熱水涼"，這當然也是嶺南地域文化的獨特性在粵方言詞語中的體現。由此也滋生了一批反映粵人養生之道的詞語，如"祛濕熱""飲涼茶""煲靚湯"等。

　　海洋文化帶來眾多與之相關的詞語，體現出廣府地區長期與海為鄰，伴水而居的自然地理環境造成心理上形成的一些特殊思維，延伸到在日常生活中遇到的許多事物，產生"水"族類的方言詞，彰顯出廣府文化的特色。例如：

水浸街 —— 街上發大水

水腳 —— 路費

水客 —— 掮客

磅水 —— 要錢，原是黑社會向人勒索錢財的用語，現已通用。

醒水 —— 警覺

心水 —— 心事，又指心愛的，合意的

散水 —— 解散，分頭走，又指逃命

威水 —— 神氣，好"帥"

整色水 —— 裝模作樣

半桶水 —— 一知半解

水皮 —— 品質差，能力差

水頭 —— 指錢財，鈔票

放水 —— 洩密，打假球，又指去小便

睇水 —— 望風

回水 —— 退錢

一頭霧水 —— 情況不明，糊裏糊塗

水過鴨背 —— 形容學習不專心，左耳進右耳出，聽不進去。

豬籠入水 —— 指財源滾滾

車水過田 —— 指從甲得來的錢馬上還給乙

此外，粵語中有一些詞語並不直接用"水"做語素，卻在詞語中加入水產品或相關器皿、行為等，仍然是直接或間接地透露出海洋文化的氣息。突出的例子如形容一個人粗心大意，口語中常說"大頭蝦"，類似的詞語如"失魂魚""鹹魚翻身""炒蝦拆蟹""借艇割禾""大石迮死蟹"等等。

二、廣府地區的地名用字

廣府地區水網交錯，有不少粵方言中特有的與水有關的地名用語，也體現出這種自然地理文化的特色。例如：以"涌（小溪流）""滘""瀝""塘""沙""坑""埞（爛泥）""氹"等作為地名用字的在廣府地區顯得特別多。就以廣州市為例，在已通車的十餘條地鐵沿線，就可以看到許多帶有這類字眼的地鐵站名，如：

大塘、燕塘、蓮塘、清塘

窖口、瀝滘、廈滘、

東涌、低涌、沙涌、大涌

橫沙、沙貝、河沙、沙園、磨碟沙、大沙地、海心沙

坑口

長湴

還有廣州市內的"新滘"、番禺的"新涌"、香港特區的"東涌、葵涌、鯛魚涌"、澳門特區的"氹仔"、順德的"北滘"、東莞的"麻涌"等等，也都是帶有此類用字的特色地名。

此外，有不少反映嶺南獨特地貌的地名，如"朗（塱）"指"江湖邊上的低窪地"，這類地名有香港的"元朗"，廣州的"西朗（原為"西塱"）""柯木塱"等；"陂"指"池塘"或"山坡、斜坡"，如"車陂""黃陂"等。

廣州雖然是廣府族群佔據優勢，但亦有少量客、閩居民移居其地，有些地名可能反映了這種事實，如"圍屋"為客家民系的傳統建築，地名稱"圍"者在客家地區非常多見，可是在廣州白雲區就有"羅沖圍""黃金圍""萬勝圍"等地名，暗示這一帶早期可能是客家移民生活的區域。事實上，在大片的粵語區

中，這種母語轉移的情形並不罕見，例如番禺大崗鎮的"客家村"原先應該通行的是客家方言，清康熙年間（1662—1722）廣東東江一帶客家人遷徙至此建村，開始説的無疑是客家話，但現今已完全放棄，可作為佐證。

三、南粵地名中的底層詞

嶺南地區還有不少極具南粵特色的地名，它們是粵語中壯侗語底層詞的見證，尤其以粵西至廣西、海南一帶為多。

清初廣東番禺學者屈大均在《廣東新語》卷十一《文語·土言》中曾記載："自陽春至高、雷、廉、瓊地名，多曰那某、羅某、扶某、過某、牙某、峨某、陀某、打某。黎岐人姓名亦多曰那某、抱某、扶某，地名多曰那某、湳某、婆某、可某、曹某、爹某、落某、番某"[2]。民國時期的民族學教授徐松石在他的《粵江流域人民史》一書中也提及嶺南地名與壯侗語的關係，其中特別研究了幾個常見的地名冠首字，如遍佈兩廣的含"那、都、思、古、六、羅、雲"等字的系列地名。據其

2　屈大均《廣東新語》，中華書局，1985 年，第 340 頁。

聯繫壯侗語考證，"那"即壯語的"田"，有時異譯寫作"南、納"，如

 台山的"那扶"、"那洞"、"那潭"

 開平的"那竹"

 新會的"那伏"、"南合"

 恩平的"那吉"、"那朗"、"那芬"、"那灣"

 陽江的"那棉"、"那貢"、"那西"、"那棟"、"那洛"

 陽東的"那頓"、"那洛"、"那梢"、"那八"

 陽西的"那湖"、"那厚"

 陽春的"那位"、"那留"、"那柳垌"、"南垌"、"南木垌"

 湛江的"那洪"、"那凡"、"那光"

 吳川的"那亭、""那蒙"、"那郭垌"、"那陵"

 茂名的"那莊"、"那威"

 電白的"那霍"、"那樓"、"那貞"；

"都"字與壯語村落單位相關，有時也作"洞、峒、垌"，如

 雲浮的"都騎"、"都有"

 高明的"都權"、"洞美"

 台山的"田洞"、"雷洞"、"朱洞"

 開平的"下垌"、"石古洞"

 陽東的"高垌"、"黃垌"、"涼垌"

陽春的"小垌"、"高垌"、"甘垌"、"垌心"

高州的"新垌"、"大垌"

電白的"水垌";

"思"即壯語的"寨",有的亦作"仙",如

信宜的"思賀"、新興的"思來";

"古"即壯語"山",有些寫作"岵、高、歌、姑、過"等字,如

中山的"古鎮"、鶴山的"古勞"

恩平的"古樓""高朗"、吳川的"古流坡";

"六"在壯語中表"幽深山地",有些異寫作"祿、淥、綠、菉、陸"或"隴、弄",如

茂名的"六雙"、高要的"祿步"、恩平的"六鄉"

台山的"隴門"、陽西的"隴石"

百色的"弄勞";

"羅"字部分與"六"字通,也有少部分與"那"通,如

高明的"羅丹"、鶴山的"羅洞"、

雲浮的"羅定"、陽春的"羅銀";

"雲"字壯語指"村",與"板(版)、萬、慢"等字相通,如

雲浮的"雲安"、高明的"雲勇"、
鶴山的"雲獨""雲益"、恩平的"雲禮"、
化州的"雲馬",高明的"版村"等[3]。

3　參見徐松石《民族學研究著作五種‧粵江流域人民史》,廣東人民出版社,1993
年,第 189-203 頁。

第二節　粵語詞彙中的避諱文化

　　任何語言都存在語言禁忌和委婉現象，它們的產生與一定的歷史社會條件和使用這種語言的集體人文心理因素有關。所謂語言禁忌，就是指人們在實際交流中出於某種原因，不能説出那些忌諱的詞語，而必須採用別的説法。漢語禁忌古已有之，早期主要是由於封建特權和宗法禮教產生的帝王名諱、家長或師長名諱等強制性忌諱，以及由於對自然災害諸種現象認識不足而產生心理畏懼形成的主觀性忌諱。所謂語言委婉，則是出於交際文雅、禮貌的原則，主動將一些不祥、不潔、不雅的詞語換用為其他更為婉轉的説法。隨着社會歷史的幾千年發展和人們對自然現象認識水準的提高，有不少語言禁忌已不復存在，但是普通人正常的趨吉避凶的心理使語言中仍然存在不少禁忌和委婉的説法，我們在此統稱為避諱詞語。

　　嶺南僻處南徼，俗尚鬼神之事。明朝《廣東通志》："習俗素尚鬼，三家之里，必有淫祠庵觀。每有事，輒求珓籤以卜休咎。信之惟謹。有疾病不肯服藥而問香設鬼，聽命于師巫僧道。"[4] 粵人人群來源複雜，其所祀諸神亦複雜多元，從純粹的道佛神到自然神、宗族神、冥神等，從源自中原的神到出於本地的神，林林總總，不一而足。由此造成生活中因敬鬼神而產生諸多禁忌，語言禁忌就是其中之一。此外，廣東自古商業較其他地方發達，風俗重商好利、追求吉利，亦產生不少言語忌諱。如今粵方言避諱詞語分佈廣泛，使用頻繁，已成為百姓口語中的常用詞彙，而粵人講話追求好意頭也成為粵方言一大特色。主要有以下幾類：

一、語意避諱

粵人比較迷信，生活中凡是表示不吉祥、不文雅、不乾淨等消極意義的詞語一般會採取避諱方式，以取得説話婉轉、得體的效果。如：

大吉利是 —— 聽到不吉祥的事情或自己錯説不吉利的話，常彌補一句"大吉利是"，認為這樣可以化解，趨吉避凶。

4　《廣東通志·卷二十·民物志一·風俗》，引自陳澤泓《廣府文化》，廣東人民出版社，2008 年版，第 394 頁。

過身、走咗 —— 死

壽木、三長兩短 —— 棺材

涼瓜 —— 苦瓜（粵方言人不喜"苦"，覺得有不如意之義。）

青瓜 —— 黃瓜（粵方言中"瓜"可謔稱死，因此姓黃的人特別忌諱"黃瓜"）

鳳爪 —— 雞腳（"雞腳"不雅）

小鳳餅 —— 雞仔餅

龍虎鳳湯 —— 以蛇、貓、雞為原料煲的湯（直説食材恐引起別人心理不適）

香肉 —— 狗肉（直説食材恐引起別人心理不適）

豬紅 —— 豬血（忌帶有兇險義的"血"）

旺菜 —— 淡菜（忌"淡"，淡則不旺）

有身己 —— 懷孕

生肉 —— 長胖

清減 —— 瘦了

唔自在、唔舒服、好辛苦 —— 生病

執茶 —— 買藥（中醫的湯藥也稱"茶劑"；隨着西醫的普遍，"執茶"已漸趨少用了。）

去洗手間 —— 大小便（直説不雅）

來大姨媽 —— 來月經（直説不雅）

打頭 —— 禽類交配（直説不雅）

二、諧音避諱

粵方言中還有一些詞語，因諧音而容易產生消極不良的聯想，於是也採用避諱說法，主要有字音諧音和數字諧音兩種。

（一）字音諧音避諱

（1）避諱“乾”

粵方言普遍以水喻財，不喜“乾”，因此凡是口語中與“乾”同音的均要避諱，通常以“乾”之反語“潤、濕”來說。例如：

豬潤、豬濕 ── 豬肝（廣府多為前者，後者主要在粵西一帶。）

擔潤、擔濕 ── 扁擔（避諱“擔竿”。廣府也說“擔挑”，“擔濕”一說多見於粵西一帶。）

飲勝 ── 乾杯（避諱“飲乾”）

豆潤 ── 豆腐乾

竹蒿、船蒿 ── 竹竿、船竿

（2）避諱“空”

粵方言中“空”與“凶”同音，因此凡是帶“空”字的也常常需要避諱，一般以"凶"反義的"吉"來説。例如：

吉屋 —— 空屋（忌"凶"，招租廣告很多寫"吉屋招租"）
吉車 —— 空車
得個桔 —— 空空如也（"桔"諧音"吉"）
兩梳蕉 —— 空手（空手相攤形似兩串香蕉）

（3）避諱"輸"
粵方言中"輸"與"書"同音，因此不少帶"書"字的詞
也需要避諱。例如：

通勝 —— 通書（日曆、黃曆）
占卦木魚贏 —— 占卦木魚書（忌"輸"）
月光贏 —— 月光書（中秋節唱的木魚書）
勝瓜 —— 絲瓜（有些粵方言如順德、中山、清遠等地，
"絲"與"輸"同音，因此"絲瓜"改叫"勝瓜"。不過很多粵方言
"絲""輸"不同音，就不一定避諱。）

（4）避諱"蝕、冇、散、降、翻、久"等

豬䐑 —— 豬舌（粵方言中"舌"與"蝕"同音，粵人重商，
因此凡是"舌"都稱之為"䐑"，與"利"同音，字形乃自造方言

俗字。）

伯娘 —— 伯母（粵方言"母"與"冇"同音，"伯母"即同"百無"，因此諱作"伯娘"。）

遮 —— 傘（"傘"與"散"同音，忌"散"。）

竹升麵 —— 竹槓麵（"槓"方言音同"降"，因此用竹槓敲打出來的麵條改成與"降"反義的"升"來表示。）

䑩 —— 帆（船家避諱語，水上人家忌"翻"，"帆"與"翻"同音，故改稱"䑩"。）

快菜 —— 韭菜（粵西粵方言忌"久"，故同音的"韭菜"改為"快菜"，"快"與"久"剛好反義。"快菜"一說可能來自客家方言。）

（二）數字諧音避諱

數字迷信在中國各地方言都非常普遍，如不少地方忌諱說"四"，因為"四"與"死"諧音，所以樓層沒有 4 樓，房間號碼也不用 4；吳語則忌諱"十三"，因為上海話"十三點"是"腦袋有問題、神經病"的意思。粵方言區是中國商業最發達的地區之一，講究數位吉利或避諱更是到了極致的地步。一般來說，1、2、3、6、8、9、10 都是好意頭的數字，"1"是"全部、起首"的意思，在數位組合中往往佔先機；"2"粵語與"易"同音，萬事易成當然好；"3"諧音"生"，"生"與"死"相對，又有"生長、生猛"的含義；"6"與"祿"同音，有"六六大順"之説；"8"與"發"音近，寓意"發達、發財"；"9"與"久"同音，有"長久"的意思；"10"則是"十全十美"。這些數字在商業上屬於意頭好的東西，凡事都要儘量往往這上面靠，以求吉利，如選手機號、車牌號、挑吉祥喜慶日子等都會細細斟酌。

相反，4、7則是粵人極力需要避忌的數位，原因是"4"與"死"音近，不吉利；"7"則是粵方言中的詈詞，代指男性生殖器，經常出現於罵人話中，表達厭惡的感情色彩；加上喪事經常出現"7"這一數字，如"頭七、尾七、吃七（喪事的解晦酒一般是七個菜）"，因此"7"在粵方言中也是一個帶有負面色彩含義的數字。

粵方言的數字避諱與其他地方的方言大多一致，比較特殊的是有些方言對"8"未必如粵人一般熱衷，對"7"也不至如此討厭；此外像"4"這樣的數字，有些方言與"死"韻母不同，如吳語上海話，加上"4"又是偶數，所以有時送禮還會選擇含4的份數。

三、雅化 —— 避諱的特殊形式

由於粵人講究避諱，在日常生活中，用吉利語言形式來迴避負面事物成了常見的交際手法，如過年時失手打碎碗碟，家長或主人通常會説"歲歲平安"（"歲"諧音"碎"），如果兒童無意中説了不吉利的話語，大人則往往使用"大吉利是"來化解。

菜名雅化則更進一步，通用菜名一般比較直白，缺乏想像力，故在婚宴或節慶宴席中，粵菜習慣於使用雅化的食譜，從某種程度上説是為了避"俗氣"，這亦是粵地飲食文化的重要特色，如"春滿桃花"（合桃鶴鶉鬆）、"夏賞荷香"（鮮蓮鴨羹）、"秋綠海棠"（生筋草菇扒秋茄）、"冬冠西施"（蟹肉扒冬菇）；有以民間吉祥詞句為菜名的，如"百鳥鳴春"（菜遠明蝦鴿片）、"金花報喜"（雪耳鴿蛋）、"孔雀開屏"（蠔油紅燒乳鴿）等。

第三節　粵語詞彙與飲食文化

　　中華美食天下聞名，粵菜更是中華飲食文化中的一朵奇葩，不但體現了中華美食的優良傳統，更是有所創新和發展。其中粵菜的用語便相當豐富精彩。

一、多姿多彩的地方特色美食名稱

　　食俗作為民俗的重要組成部分，反映了一個地方的民性，也在某種程度上折射出方言的特色。廣府人以食為上，其豐富的食品，在每個節慶習俗中都得到充分的反映，如令人目不暇接的過年食品（油角、煎堆、崩沙、蘿蔔糕、馬蹄糕、鬆糕等）、名揚中外的端午粽子（裹蒸粽、梘水粽、豆沙粽、鹹肉粽、火腿粽等）、做工精細的中秋月餅（蓮蓉月、五仁月、雙黃月、冰皮月、七星伴月）。但是廣府食俗並非單指廣州的飲食習慣，廣府食品其實包含着有一定的地域差異性，因此地方色彩強，表現為各地都有一些製作精良、有代表性的食品、菜餚。如沙河粉（簡稱"河"，如牛河、齋河）、佛山燻蹄、大良崩沙、九江煎堆、順德雙皮奶、順德倫教糕、陳村粉、中山瀨粉、中山杏仁餅、澳門葡撻、元朗蛋卷、東莞排粉、白雲豬手、湛江雞、清遠雞、陽江炒米餅、陽江豆豉、江門鹹乾花生、鼎湖上素（肇慶）等，反映了各地不同的飲食文化。

二、粵菜多樣性的反映 —— 各顯其妙的烹調術語

粵菜的一個重要特點是烹調技藝考究，刀工操作精細，常見的烹調手法有：煲（茄子煲、豆腐煲、豬手煲、狗肉煲）、燉（鮮奶燉蛋、燉水蛋、燉烏雞）、焗（鹽焗雞、薑蔥焗魚頭）、焅（焅雞、薑蔥焅鯉魚）、蒸（清蒸鱸魚、清蒸多寶魚、豉汁蒸排骨）、扣（香芋扣肉、南乳扣肉）、扒（鵝掌扒菜膽、紅扒魚肚）、浸（油浸鯧魚）、灼（白灼蝦、白灼爽肚、白灼螺片）、煠（煠鵝肉、煠雞蛋）、滾（生滾魚片粥、生滾肉片粥）、燒（燒乳豬、燒鵝、燒乳鴿）、蜜（蜜汁叉燒）、生（魚生、蝦生）等20多種。

三、養生用語形象生動，貼近生活

　　粵菜的第三個特點是注重品質，講究養生，隨着季節的變化，粵人會應時調整食譜的構成。如春季多雨潮濕，粵人講究燉湯祛濕，夏季炎熱，則有各種各樣的清涼解毒湯，注重降火功效，如老火湯；嶺南氣候炎熱容易導致肝火旺，喝粥可以護肝，故粵地粥品極其豐富；秋冬是進補的季節，湯及菜餚都加進溫補熱補的材料，秋季特別乾燥，所以要喝各種各樣的滋潤"糖水"和燉湯（如白欖燉豬肺）；冬天陰冷、春季濕冷，所以為了驅寒祛濕，要"打邊爐"（雞窩、牛肉窩、羊肉窩、雜錦窩），要吃"煲仔飯"。不少俗語諺語，都反映出粵人的這些習俗。如"秋風起，三蛇肥"、"冬食蘿蔔夏食薑"、"寧可食無菜，不可餐無湯"。

　　廣府文化對飲食的講究，在日常生活中得以充分體現，並形成固定的習俗。如粵人喜飲茶，圍繞着飲茶，形成了一些固定的程式和豐富的方言語詞，如"飲茶""一盅兩件""茶樓""較茶"等，粵式點心、小吃其實與飲茶習俗也是息息相關的，如燒賣、腸粉（豬腸、牛腸、齋腸、豬腰腸、鮮蝦腸、珍珠腸）、包（叉燒包、豆沙包、雞球大包、三星大包）、笑口棗、酥餅（榴槤酥、叉燒酥、蛋黃酥、蝴蝶酥、核桃酥、豆沙酥）、糯米雞、蝦餃、粉果、蛋撻、炒河粉、粥品（艇仔粥、魚片粥、皮蛋粥、及第粥、豬腰粥、豬潤粥、柴魚花生粥）以及諸多品種的糖水等，舉不勝舉。

嶺南氣候炎熱潮濕，也催生了涼茶的發達，除了祛濕茶，還有斑痧涼茶、喉症茶、消滯茶、五花茶、菊花茶、感冒茶、清熱茶、夏桑菊等。

四、菜式清淡為主，新式粵菜催生粵語創新

粵菜的第四個特點是相對於其他菜系，口味偏於清嫩，但也講究味道的變化，故有"五滋六味"之說。"五滋"是指"清、香、酥、肥、濃"，"六味"是指"酸、甜、苦、辣、鮮、鹹"。味道隨季節而有所變化，夏秋求清鮮，冬春偏濃郁。整體風格以清鮮嫩脆為主，但清而不淡，鮮而不俗，脆而不焦，嫩而不生。以"生炒水東芥菜"最為典型。

粵菜與粵地其他民系的文化形式類似，都是博採眾長、不斷吸收外來菜式的優點發展起來的，比方新派粵菜就大量使用西式或外族汁醬，使其風味更加多樣化，如"芝士焗龍蝦"，還有馬來西亞廣府人創新的粵菜"馬來風光"（一種用蝦醬等調料烹製的炒空心菜）。

五、粵語飲食類詞語的轉指現象

　　粵語不僅擁有豐富、生動的飲食類詞語，而且這些詞語不斷滲透到日常生活中去，成為轉指人品、行為等方面的形象用語，這也是飲食文化發達在粵語中的體現和衍生。

　　例如粵語善於取食物外形特點（形狀或顏色）的相似性來對本義進行引申轉指：如"茨菰棯"，由於茨菰頂部肥大，外形有點像男性生殖器，所以把"茨菰棯"引申轉指為"男嬰"；粵語也追求表達的幽默感，如"賣剩蔗"、"籮底橙"（指無人問津的人物）、"粉腸"（形容面目可憎或令人討厭的人）、"炒魷魚"（解僱）；還有使用諧趣的譯法，以增加粵語的表達力，如"食叉燒"指的是排球運動中"把握機會得分"，其中"叉燒"乃是英語 chance 的譯音，顯得極其風趣。

第六章

粵語詞彙與外來文化

　　外來詞，亦稱為外來語，乃是指一種語言從其他語言借用的詞語。借入外來詞的規模與程度，往往體現了一個民族或族群與外族文化的接觸以及容納外來文化的心理。廣府地區作為一個最為開放的區域，其外來詞在漢語諸方言中可謂數量眾多，表現極其多樣。

第一節　廣府文化與粵語外來詞

一、粵語外來詞產生的歷史背景

　　嶺南地區自古對外交流頻繁，廣州自漢代就開始了與海外的海路貿易。唐朝廣州已是著名港口，設市舶使，稱"通海夷道"。宋代全國設泉州、寧波、廣州三處市舶司；至明代中葉，由於沿海倭寇侵擾頻繁，朝廷不得已關閉泉州、寧波二港，僅餘廣州一口通商。清朝海禁取消後也實行廣州一口通商，這就形成了廣東沿海一帶開放的外向型文化氣質。此外，在鴉片戰爭失敗簽訂《南京條約》之前，從明朝嘉靖年間開始，葡萄牙已經佔據澳門，並作為西方對中國實行經濟、文化滲透的根據地。同樣，鴉片戰爭前夕，英國作為新興強國也已經把觸角從印度延伸至珠江口外的香港和澳門，1842 年《南京條約》簽訂正式將香港島劃為英國租界直至 1997 年回歸。早期的貿易開放歷史造就了口岸洋涇浜語言，從最初的洋涇浜"廣東葡語"到後來的洋涇浜"廣東英語"，是粵語最早的外來詞來源，至今香港粵語中仍保留非常多的英語外來詞，澳門除了英語外來詞，還有部分葡語外來詞。港英政府統治的一百多年期間強化英文教育，令香港粵語中輸入英語詞彙達到前所未有的程度，形成了方言、白話、英語三合一的"港式粵語"。20 世紀 80 年代開始，廣東珠三角作為我國改革開放的前沿地區，借助香港、澳門的優勢，對外經貿發展迅猛；港澳的語言文化也憑藉經濟優勢對內地產生巨大的影響，不少外來詞經由香港輸入廣東粵語，豐富了廣東粵語詞彙。

除此之外，由於得天獨厚、背嶺面海的地理環境，嶺南人習於向海外拓展，他們浮家泛宅、遠涉重洋，到世界各地謀求生存與發展。廣東是中國最大的僑鄉，粵方言、閩方言、客家方言群體都有大量的華僑生活在海外，足跡從東南亞遠至南北美洲、歐洲、印度洋和非洲等地。廣東華僑出洋有幾百年歷史，目前中國海外華僑有 3000 多萬人，其中廣東華僑就佔了 2000 多萬，遍及世界 100 多個國家和地區，形成了獨特的具有開放性、包容性、創新性和時代性的嶺南文化。可以說，華僑文化對傳統嶺南文化的發展變遷產生了深遠的影響，華僑文化的興盛也給粵語帶來了大量的外來詞。

二、粵語外來詞凸顯的文化內涵

　　持續千年的對外貿易歷史成就了廣府民系從容面向海外、易於接受新文化、敢於吸收新事物的精神特質，也成就了開放性和創新性的粵人精神。殖民區高度融合的多元文化社會背景和強大的經濟創新能力，成就了粵人相容並包、務實求變的精神內涵。這些南粵精神特質在粵方言外來詞中亦得到一定的呈現。

　　粵語外來詞數量眾多、種類齊全、使用頻率高、派生能力強。在粵方言地區，人們口語中經常夾雜英文，尤其是香港，港人對英語的熟悉度、接受度和語碼混雜度，常常讓外地人倍感驚訝，這種大量的、全民通用的、零翻譯式直接引用的外來詞，正是廣府文化開放相容、創新求變內涵的體現。

　　粵語外來詞吸收後，不少都經歷了當地語系化改造，形成了類漢語語素得以迅速融入本土語言系統，並進一步滋生同素詞語。這與粵人拿來就用的務實心態息息相關。例如，粵語中的"波"（ball）是外來詞，並以此為中心語素構成了大量與球相關的詞語——開波、打波、贏波、波鞋、踢波、波子，等等。通過意譯形成一系列的"領"族職業稱謂詞——金領、藍領、灰領、白領、粉領等。

　　詹伯慧教授曾指出，"粵人的創新自主意識比較明顯，而傳統的文化正統意識比較淡薄"[1]。這種敢於探索和嘗試新鮮事物，不拘泥於正統的特點在方言外來詞上同樣有所體現：普通話已有相應的外來詞，粵語卻嘗試採用更具地方特色、更適合本土語音特點的外來詞形式；漢字當中沒有的字形，粵語大膽嘗試創造新字詞。

1　詹伯慧《漫步語壇的第三個腳印》，《漢語方言與語言應用論集》，暨南大學出版社，2003年，第373頁。

第二節　粵語詞彙中的外來詞

外來詞是指從非漢語言中借入的詞語，不僅包括從國外其他語言引入的外來詞，也包括從國內其他少數民族語言中引入的外來詞。

一、粵語外來詞的類型

粵語外來詞可以從不同的角度進行不同分類，從來源上分有：英系外來詞、葡系外來詞、日系外來詞、少數民族外來詞；從構成方法分有：音譯詞、音意兼譯詞、音譯加漢語語素和零翻譯詞。

（一）不同源語的粵語外來詞

英系外來詞是指來源於英語的外來詞，它們既是粵語外來詞的主體,也是現代漢語外來詞的主體,所佔比例最高。本節將在下文外來詞構成方法部分進行重點分析。

葡系外來詞是指來源於葡萄牙語的外來詞,主要出現於澳門粵方言中。例如:阿丟(伯父)、煲沙(獎學金)、大孖地(番茄)、沙甸魚(鰛魚)、馬介休(一種鹹魚)、士姑度(葡萄牙貨幣)、啦打(厚臉皮)、媽啦(手提包)、妹路檬(非常好)、歐拿(課)、司打(議事會)、沙巴度(皮鞋)、梳把(濃湯)、些菲(上司)、問打(命令)。

日系外來詞是指直接借用日語漢字詞的外來詞,但是借用的只是詞形,並未借用它的日語讀音。例如[2]:

物語(故事)、天婦羅(日本食品)、壽司(日本點心)、華沙卑(山葵)、便當(盒飯)、七寶燒(景泰藍)、主催(主辦)[3]。

少數民族外來詞。廣東地處嶺南地帶,是古百越民族的生活區,粵語與壯侗語有比較密切的接觸關係,因此保留一些來自壯侗語言的底層詞彙(詳見第四章第二節"粵語詞彙中的古百越詞")。

2　舉例時括弧前是粵方言外來詞寫法,括弧內是語義解釋。下同。

3　朱永鍇〈香港粵語裏的外來詞〉,《語言研究》1995 年第 2 期。

（二）不同構成方法的粵語外來詞

1. 音譯外來詞

即直接用粵語同音或近音字翻譯外來詞。音譯中所使用的這些粵語同音字或近音字都是"字不表義"，僅取其音，不取其義。音譯外來詞進入粵語詞彙系統，必然要適應粵語音系特點，這就需要一定的粵化改造。例如：

增加音位：在英語清輔音尾音後面增加元音〔i〕並採用高升 35 調，使發音更響亮，符合粵語的語音特點。例如：

波士〔pɔ^{55}si^{35}〕（boss，老闆）　甫士〔phou^{55}si^{35}〕（pose，姿勢）

蜜絲〔mit^{55}si^{35}〕（miss，小姐）　飛士〔fei^{55}si^{35}〕（face，臉）

多士〔tɔ^{55}si^{35}〕（toast，麵包片）　巴士〔pa^{55}si^{35}〕（bus，公車）

賓士〔pɛn^{55}si^{35}〕（Benz，德國車牌子）

刪減音位：英語詞彙大部分是多音節的，很多還帶複輔音，因此音節結構遠比漢語的單音節要複雜，不容易讀和記，粵語的音譯外來詞會刪減一些音位使之變得更像漢語的單音節詞。例如：

咪〔mai^{55}〕（microphone，話筒）

波〔pɔ⁵⁵〕（ball，球）

拉臣〔lai⁵⁵sɐn³⁵〕（licence，牌照）

fen〔fɛn⁵⁵〕（friend，要好）

quali〔khuɔ⁵⁵li³⁵〕（qualification，資質）

粵語外來詞中還有大量的含大寫字母的外來詞，這一類詞也屬於對原有音位進行刪減之後形成的。例如：

BB（baby 嬰兒）

CD（compact disc，光碟）

DJ（disc jockey，打碟師）

IDD（international direct dialing，國際長途直撥電話）

D 廳（Disco 舞廳）

音素替換：粵語與英語音位類型存在差異，輔音方面，英語有清濁對立而粵語沒有，英語沒有送氣不送氣的對立而粵語有，所以音譯外來詞常常用粵語的清音替代英語的濁音，粵語的不送氣音替代英語的送氣音。此外英語的 r 粵語沒有，就用 l 去替代；英語有爆破的輔音閉音節而粵語沒有，就用不爆破的入聲韻去替代。例如：

清音替代濁音：士多啤梨（strawberry，草莓）、拔蘭地

（brandy，白蘭地）、比堅尼（bikini，三點式泳衣）、布菲（buffet，自助餐）、茶煲（trouble，麻煩）

以不送氣音替代送氣音：派對（party，聚會）、巴仙（percent，百分比）、馬爹利（Martini，酒名）、芝士（cheese，乳酪）

用 l 替代 r：忌廉（cream，奶油）、克力架（cracker，梳打餅乾）、列根（Reagan，美國前總統）、拔蘭地（brandy，酒名）、拉力（rally，拉力賽）

用入聲音節對應輔音閉音節：嘜（mark，標籤）、軨（lift，電梯）、戟（cake，蛋糕）

勢位改造：英語的發音有輕重音之分，外來詞進入粵語後，要自然轉換為粵的六聲九調格局，如英語中的 bus、tips、toast、pose、taste、case 等詞進入粵語後，英語的前重後輕模式都變成了前輕後重模式，並且尾音都被拉長讀成上揚的 35 調。

2. 音意兼譯詞

即在音譯漢字選取上儘量兼顧表達一定的詞義。

融意於音：將外來詞語音與粵語詞義有機結合起來，不同於音譯的"字不表義"，這一類外來詞是"字兼表義"，將音、意、形有機結合起來，雖然此類外來詞在粵語中所佔比例不高，卻有着極強的辨識度和生命力。

媽咪(mummy，媽媽)、迷你(mini，小型)、泊(park，停)、愛滋（AIDS，愛滋病）、嘉年華（Carnival，狂歡節）、卜（book，預訂）、咕喱(coolie，小工)

有時候為了更好地對原外來詞進行意譯，粵語會對現有漢字進行加工改造，創造出新的漢字來表達。如英語 card，普通話譯作"卡"，粵語用自造字寫作"呩"，"吉"粵方言讀〔ket55〕，與 card 近，而且"呩"暗含"口吐吉言"之意，這與我們用賀年呩、聖誕呩、生日呩寫祝福問候的吉祥語之義吻合。再如英語"lift"在普通話中被意譯為"電梯"，在粵方言中被寫為自創新字"軙"，"立"既表音又表意，意謂"人立車內"。

半音半意譯：對外來源詞採取部分音譯、部分意譯而產生的外來詞，有些是音譯在前，如"吧女"（bar girl，酒吧女侍應生）；有些是音譯在後，如"奶昔"(milk shake，一種含牛奶、水果、冰塊的混合甜品)。

3. 音譯加漢語語素

音譯加類別詞：為了增強外來詞的表意功能，在音譯詞的基礎上又增加表明詞義類型的漢字語素進行標注。例如：

酒吧(bar)、曲奇餅(cookie)、拖肥糖(toffee)、啤酒(beer)、

保齡球（bowling）、沙甸魚（sardine）、泡打粉（powder）、花令紙
（warrant，傳票 / 拘捕證）、吞那魚（tuna）、桑那浴（sauna）

音譯加方言詞綴：在音譯的基礎之上，補加"子、仔、
阿、佬"等方言詞綴，使外來詞看起來更像是粵語詞彙。
例如：

車厘子（cherry，櫻桃）、BB 仔（baby，寶貝 / 嬰兒）、阿蛇
（sir，警察 / 先生）、基佬（gay，男同性戀者）、肥佬（fail，失敗）

4. 零翻譯：

對外來詞不作任何翻譯直接進入方言使用，在香港粵語中
尤其普遍。例如：

Hi（嗨，招呼語）、morning call（叫醒電話）、shopping（購
物）、easy（容易）、case（案子）、cheque（支票）、game（遊戲）、
check-in（辦理登機手續），等等。

二、粵語外來詞的特點

與普通話以及漢語其他方言的外來詞相比，粵語外來詞有自身較為突出的特點。

1. 數量眾多：廣州話中較常用的英語借詞有 200 多個，而在香港粵語中這一數字要高得多。在這些數量眾多的外來詞中，有一部分（約三分之一）是與普通話外來詞共同的，但更多的是與普通話不同的。

2. 品種齊全：粵語外來詞涵蓋面非常廣，涉及社會生活的方方面面，吃穿住行、各行各業都有涉及，並不局限於外來名詞。

3. 使用頻率和漢化程度高：粵語外來詞在日常交際中經常使用，特別是香港粵語，外來詞可以零翻譯直接與中文夾雜使用，不少外來詞已經被改造得很像方言詞了，不經提醒，使用者不一定了解它們的外來詞身份。如：苦力、拉力賽、泊車等。

4. 派生能力強：外來詞輸入方言後往往存在語素化的現象，即由外來詞濃縮為類漢語語素，然後再去構成一系列新詞。例如：

波（ball，球）—— 波霸、波鞋、波衣、波經、頭波、輸波、贏波、乒乓波、打假波、波板……

恤（shirt，襯衫）—— T 恤、機恤、恤衫、文化恤……

飛（fare，票）—— 撲飛、派飛、買飛、輪飛……

的（taxi，計程車）—— 的哥、的姐、的爺、搵的……

吧（bar，酒吧）—— 吧女、吧台、花吧、吧櫃、吧椅……

三、粵語外來詞的內部差異

粵語外來詞在不同區片存在一定差異，尤其是省港兩地之間更為顯著。差異主要表現為幾個方面：

1. 使用數量各地存在差異：由於歷史背景、社會條件的不同，香港粵語是最洋化的方言，其外來詞數量遠遠多於廣東其他粵語地區，這與港英政府統治香港一百多年、大力推廣英語教育有關，也與香港對外自由貿易發達有關。部分在香港用得非常頻繁的外來詞，還有那些零翻譯外來詞，在廣東基本不用。如：

安士（ounce，計量單位）、沙展（sergeant，警察小隊長）、仙

（cent，分）、馬殺雞（massage，按摩）、咕臣（cushion，墊子）、逼力（brake，剎車）

澳門方言外來詞數量也不少，有不少英語外來詞與香港粵語有共通之處，但總體中英文夾雜使用情況沒有香港普遍。此外還有一些當地特有的葡語外來詞，詳見本節第一部分"粵方言外來詞的類型"。

廣東粵語各片區中以廣府片外來詞使用數量最多，其次是著名僑鄉四邑片，從粵中肇慶以西一直延伸到粵西和廣西，基本上只有少數來自廣州話的外來詞。即使是廣府片內部，廣州作為省會城市，使用外來詞的數量與頻率也比番禺、佛山、東莞等地要高許多。

2. 書面化程度存在差異：廣東粵語外來詞使用頻率不及普通話高，而且以口語為主，書面化程度較低。但是，香港粵語外來詞使用頻率非常高，尤其是中青年受過一定教育的人，口語交際中經常出現英文，中英語碼隨時切換，即通常所謂新三及第的"港式粵語"；而且外來詞還經常被用於文章著作及商品包裝等資訊載體，書面化程度明顯高於廣東粵語外來詞。例如：

姬老大釘咗！我唔 mind 佢係寡婦，一啲都唔 mind ！我夠唔係處男囉！大家平等，Equal Quali，打和。（黃霑《大家姐傳奇》）

3. 選字搭配存在差異：show 這一英語詞進入粵語後，有
"秀"和"騷"兩種不同的寫法，用來指稱漢語已有的"表演、
演出"。香港粵語"騷"暢行無阻，如"做騷、作騷、大騷、音
樂騷、口水騷、電台騷"等，而在大陸粵語則用"秀"，如"秀
檔、秀場、作秀、餐廳秀、脫口秀、時裝秀"等等，因為在
普通話中"騷"字含貶義，有"風騷"之義，所以一般不用。
此外，在大陸一般用"打"與"的士"搭配使用，在香港則用
"截"與"的士"搭配使用。

第三節　粵語外來詞的向外傳播

普通話作為漢民族共同語，其地位與重要性自然不言而喻，而粵語作為毗鄰港澳的嶺南方言，其本身也有很強的活力與發展潛力。一方面推廣共同語導致的“北語南下”使得粵語不斷接受位處正統的普通話規範化影響；另一方面粵語憑藉其自身經濟和文化的影響力逆向影響普通話，即所謂“南語北上”。社會接觸和語言接觸令不少粵語外來詞向外擴散傳播，甚至成功進入普通話詞彙系統。

一、北語南下是大勢所趨

我國憲法明確規定“國家推廣全國通用的普通話”。改革開放以來，伴隨大量外來務工人員湧入經濟發達的廣東地區，加上各大媒體對普通話的大力推廣，普通話使用頻率以及使用範圍在粵方言區都達至新的高度。共同語面向區域方言的正向影響是大勢所趨，即便回歸後的港澳亦不例外。粵語詞彙不斷接受普通話規範的影響，原本的方言意義也在不斷向普通話詞語靠攏或轉變。例如：

	粵語詞義（舊）	普通話詞義	粵語詞義（新）
告白	廣告	説明，表白	與普通話趨同
老實	樸素大方	誠實的，規規矩矩	與普通話趨同
化學	易壞的，不耐用的	研究物質的一門科學	與普通話趨同
正氣	食物清涼而性不寒	剛正、光明正大	與普通話趨同
金睛火眼	極度疲勞的樣子	眼光鋭利	與普通話趨同
網絡	網兜	資訊虛擬平台	與普通話趨同

在普通話強勢影響下，粵語外來詞同樣也不可避免地要受到規範化的普通話外來詞影響，很多具有粵語特色的外來詞逐步縮減了自身使用範圍和頻率，甚至被普通話詞語取代。例如：

英語	粵方言	普通話	英語	粵方言	普通話
jam	占	果醬	stamp	士擔	郵票
licence	拉臣	牌照	file	快勞	檔案
color	卡拉	彩色	tennis	聽尼士	網球
last	拉士	最後	insure	燕梳	保險
cake	戟	蛋糕	deuce	刁士	平局

chocolate	朱古力	巧克力	jumpball	針波	跳球
massage	馬殺雞	按摩	strawberry	士多啤梨	草莓
size	曬士	尺碼	UFO	幽浮	不明飛行物
store	士多	商店	in	至 in	很時髦
percent	巴仙	百分比	mark	mark 低	寫下

二、南、北外來詞共存共用

　　南方粵語的某些外來詞因知曉度高、具有鮮明特色得以保留，與北方普通話中相應的同義詞形成共存共用的局面。一類是粵語以音譯方式引入、而普通話則以意譯方式引入的外來詞；另一類雙方同樣是音譯外來詞，粵語和普通話在詞形用字上作了不同的選擇。具體請看下面兩個表：

英語	粵方言	普通話	英語	粵方言	普通話
cheese	芝士	乳酪	bus	巴士	公共汽車
cherry	車厘子	櫻桃	number	冧巴	號碼
film	菲林	膠片	card	咭片	名片
cream	忌廉	奶油	sir	阿蛇	警察 / 先生

sandwich	三文治	三明治	sherry	些厘酒	雪利酒
saxophone	色士風	薩克斯風	tie	領吠	領帶
motor	摩打	馬達	lace	籬士	蕾絲
sundae	新地	聖代	vaseline	花士令	凡士林
toffee	拖肥糖	太妃糖	coolie	咕喱	苦力

三、粵語外來詞向北輻射

　　在北方共同語強勢南下的同時，南方的粵語也以其強大影響力北上發展。原因有以下幾點：首先，廣東是對外開放的重要貿易港口，又有經濟發達、毗鄰港澳等優勢，在各種頻繁的對外貿易活動中，海外人士所帶來的外來詞最先進入粵語使用；其次，粵語具有強大的華僑背景，經常在海外華人社區作為通用語為廣大僑民所接受，甚至被很多海外華人學校作為教學語言來使用；再次，不少來自國內其他省份的外地人以及外來留學生都希望通過學習粵語，以便更好地融入省港澳地區的生活；最後，粵語在報章雜誌、電視新聞等媒介上使用頻率較高，有着國內其他方言區無法比肩的普及程度，粵語流行歌曲紅遍大江南北，被全國人民廣為傳唱。由於以上種種原因，粵語作為強勢的地域方言，其影響力無論在國內還是海外不可低估小覷。正因為此，粵語中的部分外來詞因被大眾喜聞樂用，又帶着時尚新潮的特性，而漸漸向區外擴散，甚至北上發展，逐步融入到普通話詞彙系統，顯示出強大的輻射力和生命力。

"的士"這一外來詞，簡單易記、形象生動、派生能力強，伴隨着粵語向外傳播，如今已逐步為全民族共同語以及其他方言所吸收使用。普通話"的"字本來沒有〔ti⁵⁵〕這一讀音，為了接納這個有特殊活力的外來詞，普通話"的"在〔tə〕之外又增加了新的語音，這不能不說是"的士"這個粵語外來詞強大的輻射力所致；與其有關的"的哥、的姐、打的、摩的"等詞語也已經為全民普遍使用。

show 這個外來詞在粵方言中用"秀"來表達，不僅具有洋、新的特點，且翻譯精煉簡潔，形象生動，"秀"本身帶有張揚、炫美的褒義色彩，"秀"也是漢語中女性取名喜愛的傳統用字之一。這樣一個中西合璧的音譯外來詞符合漢語人群的認知思維，得到大家的認可與追捧，從而衍生出一系列的新詞如"服務秀、秀場、作秀、餐廳秀、內衣秀、脫口秀"等。這一外來詞也因此走出粵方言區，北上進入普通話成為全民通用的詞語。

此外，進入普通話的粵語外來詞還有"保齡球、屈臣氏、T恤、巴士、三文治、AA制"，等等。

四、粵語外來詞外向傳播的思考

　　語言隨着社會發展以及與外來語言的接觸，會不斷地產生一些新詞語，廣東地區開改革風氣之先，大量外來詞湧入是非常自然的現象。一方面是全民共同語要求詞語規範化，另一方面卻是粵語要保持自身獨有之特色，這兩者之間的矛盾，也導致不同形式外來詞之間的博弈。語言發展的經驗證明：粵語中那些生動活潑、翻譯得體的外來詞，憑藉自身極強的生命力在普通話中扎根，擁有自己一席之地；而那些無明顯特色、用字不雅或過於生澀的外來詞，則會逐漸失去外向傳播的能力，自然而然會受到普通話規範而被淘汰。

　　因此，當我們尚無法判斷一個粵語外來詞是否具有外向傳播的可能，是否能名正言順融入普通話詞彙時，應當意識到這將是一個動態發展的過程，不要急於以規範化的名義搞一刀切，這樣既失去了給語言帶來活力與豐富的機會，也可能造成事與願違的現象，即這些外來詞被要求規範化之後，老百姓不買賬，不放棄使用，繼續我行我素。像很多粵語外來詞剛開始引入使用時，如“巴、秀、的士”等，僅限於方言區，但隨着時間的推移，“大巴、小巴、中巴、打的、的哥、的姐、時裝秀、內衣秀、走秀”等詞語，已逐漸被大眾廣泛接受和使用，成為普通話新詞語的組成部分。

參考文獻

一、專著

1. 陳伯煇：《論粵方言詞本字考釋》，香港中華書局，1998年。

2. 陳澤泓：《廣府文化》，廣東人民出版社，2008年。

3. 甘于恩：《七彩方言——方言與文化趣談》，華南理工大學出版社，2005年。

4. 侯興泉、吳南開：《信息處理用粵方言字詞規範研究》，廣東人民出版社，2017年。

5. 李新魁：《廣東的方言》，廣東人民出版社，1994年。

6. 李新魁、黃家教、施其生、麥韻、陳定方：《廣州方言研究》，廣東人民出版社，1995年。

7. 羅常培：《語言與文化》，北京出版社，2004年。

8. 屈大均：《廣東新語》，中華書局，1985年。

9. 歐陽覺亞：《少數民族語言與粵語》，暨南大學出版社，2011年。

10. 歐陽覺亞、鄭貽青：《黎語調查研究》，中國社會科學出版社，1983年。

11. 饒秉才、歐陽覺亞、周無忌：《廣州話方言詞典》，香港商務印書館，2009 年。

12. 邵敬敏主編：《現代漢語通論》2 版，上海教育出版社，2007 年。

13. 田小琳：《由社區詞談現代漢語詞彙的規範》，《現代漢語教學與研究文集》，商務印書館（香港）有限公司，2004 年。

14. 徐松石：《民族學研究著作五種‧粵江流域人民史》，廣東人民出版社，1993 年。

15. 詹伯慧主編：《廣東粵方言概要》，暨南大學出版社，2002 年。

16. 詹伯慧、甘于恩：《廣府方言》，暨南大學出版社，2012 年版。

17. 詹伯慧、鍾奇等：《廣東地區社會語言文字應用問題調查研究》，暨南大學出版社，2000 年。

18. 張均如等：《壯語方言研究》，四川民族出版社，1999 年。

19. 《壯侗語族語言詞彙集》，中央民族學院出版社，1985 年。

20. 曾子凡：《廣州話‧普通話語詞對比研究》，香港普通話研習社，1995 版。

二、論文

1. 陳希、陶一權：〈廣州鹹水歌藝術形態及保護初探〉,《文化遺產》2014 年 5 期。

2. 陳勇新：〈粵語曲藝的種類、唱腔、影響和價值〉,《佛山科學技術學院學報》2009 年 6 期。

3. 胡適：〈答黃覺僧君《折衷的文學革命論》〉,《新青年》第 5 卷第 3 號,1918 年 9 月 15 日。

4. 黃仲鳴：〈香港三及第文體的流變及其語言學研究〉,暨南大學漢語言文字學博士論文,2001 年 5 月。

5. 李琳琳：〈歐陽山小說研究〉,廣東技術師範學院中國現當代文學碩士論文,2013 年。

6. 劉文峰：〈試論粵劇的形成和改良〉,《南國紅豆》2009 年 3 期。

7. 梅倩：〈粵語流行歌詞研究〉,天津大學語言學及應用語言學碩士論文,2005 年。

8. 歐陽覺亞：〈漢語粵方言裏的古越語成分〉,《語言文字學術論文集 —— 慶祝王力先生學術活動五十周年》,知識出版社,1989 年。

9. 歐陽山：〈關於《廣州文藝》的通訊〉,《黃花》第 319 期,1932 年。

10. 邵敬敏：〈香港方言外來詞比較研究〉，《語言文字應用》2000 年第 3 期。

11. 譚海生：〈大陸粵方言區與香港地區使用外來詞之區別〉，《廣東教育學院學院報》1994 年第 1 期。

12. 湯志祥：〈香港粵語裏的英語詞語〉，《方言》1997 年第 3 期。

13. 王惠、秦秀白：〈粵語中的英語譯詞探微〉，《華南理工大學學報》2005 年第 3 期。

14. 葉從容：〈嶺南地方性經驗的文化基因〉，《廣州大學學報》2011 年 8 期。

15. 趙汝慶：〈二十世紀以來香港中文報紙語言的變異〉，中央民族大學社會語言學博士論文，2005 年 5 月。

16. 鍾哲平：〈追尋失落的嶺南絕唱 —— 專訪地水南音守護人唐健垣〉，《羊城晚報》2012 年 11 月 10 日 B5 版。

17. 鍾哲平：〈地水南音在時尚文化中“還魂”〉，《羊城晚報》2012 年 11 月 17 日 B6 版。

18. 鍾哲平：〈龍舟歌仔邊走邊唱三百年〉，《羊城晚報》2013 年 4 月 6 日 B3 版。

19. 朱永鍇：〈香港粵語裏的外來詞〉，《語文研究》1995 年第 2 期。

20. 鄒嘉彥：〈‘三言’‘兩語’說香港〉，《明報月刊》1997 年第 11 月號。